Marco Malvaldi
Eine Leiche für den Barista

PIPER

Zu diesem Buch

Sommerzeit in Pineta: Die Leiche eines Mädchens wird am Strand gefunden. Der Körper hat offensichtlich bereits seit einigen Tagen im Meer gelegen, als er von einem örtlichen Kleinkriminellen als die Ukrainerin Olga identifiziert wird. In der BarLume ist unterdessen die Renovierung in vollem Gange, und die »vier Alten«, die sich normalerweise dort treffen, müssen in den öffentlichen Park umziehen. Hier gibt es nichts als Rentner und Kinder, und die vier Alten langweilen sich schnell. Etwas Trost finden sie darin, eine Gruppe hübscher osteuropäischer Mädchen zu belauschen, die Angst zu haben scheinen, seit Olgas Leiche entdeckt wurde. Außerdem gibt es da noch ein paar seltsame Vorkommnisse, und so ist es gar keine Frage, dass die vier Alten wieder auf eigene Faust zu ermitteln beginnen.

Marco Malvaldi, geboren 1974 in Pisa, lebt als freier Autor mit seiner Frau und zwei gemeinsamen Kindern in seiner Geburtsstadt. Mit seinen Krimis um die vier alten Männer und den sympathischen Barbesitzer Massimo avancierte er zum Bestsellerautor. Daneben veröffentlichte er mehrere davon unabhängige Krimikomödien.

Marco Malvaldi

Eine Leiche für den Barista

Ein Toskana-Krimi

Aus dem Italienischen
von Luis Ruby

PIPER

Mehr über unsere Autoren und Bücher:
www.piper.de

Wenn Ihnen dieser Krimi gefallen hat, schreiben Sie uns unter Nennung des Titels »Eine Leiche für den Barista« an *empfehlungen@piper.de*, und wir empfehlen Ihnen gerne vergleichbare Bücher.

Von Marco Malvaldi liegen im Piper Verlag vor:

Krimiserie um den Barista Massimo:
Im Schatten der Pineta
Die Schnelligkeit der Schnecke
Die Einsamkeit des Barista
Schlechte Karten für den Barista
Eine Frau für den Barista
Eine Leiche für den Barista

Eigenständige Kriminalromane:
Das Nest der Nachtigall
Toskanische Verhältnisse
Verbrechen auf Italienisch
Ein königliches Theater

Das Zitat auf Seite 183f. stammt aus: Wisława Szymborska, »Das Schreiben eines Lebenslaufs«, in: *Die Gedichte,* übersetzt von Karl Dedecius, Suhrkamp Verlag, Frankfurt am Main 1997.

FSC
www.fsc.org
MIX
Papier aus verantwortungsvollen Quellen
FSC® C083411

Deutsche Erstausgabe
ISBN 978-3-492-31406-0
April 2019

Titel der italienischen Originalausgabe:
»La battaglia navale«, Sellerio Editore, Palermo 2016

Redaktion: Werner Irro
Umschlaggestaltung und -abbildung:
Hauptmann & Kompanie Werbeagentur, Zürich
Satz: Kösel Media GmbH, Krugzell
Gesetzt aus der Scala
Druck und Bindung: CPI books GmbH, Leck
Printed in the EU

Für Gino und Giovanna,
die sich das verdient haben

Im Osten gibt es keine Pressefreiheit,
im Westen gibt es keine Freiheit von der Presse.

Martina Navratilova

Anfang

Kein Zweifel: In den vergangenen zwei Jahren hat sich das Bocacito zum elegantesten Restaurant von Pineta entwickelt.

Die runden Tische bieten viel Platz und stehen in großzügigem Abstand, die Tischdecken hängen tadellos drapiert, wodurch noch deutlicher hervortritt, wie perfekt sie gebügelt sind; ein Verdienst von Aldos Obsession, sie direkt auf dem Tisch bügeln zu lassen.

Die Einrichtung ist erstklassig: Gläser aus Bleikristall, in der Mitte des Tischs frische Tulpen und Teller aus edlem Wedgwood-Porzellan, die zugleich einiges Fassungsvermögen bieten. Als der Vertreter nämlich Tavolone Risottoteller präsentierte, auf die etwa eigroße Portionen gepasst hätten, beschied ihm der Koch: Wissen Sie was, das Spa ist auf der anderen Straßenseite, das hier ist ein Restaurant.

Auch die Speisekarte vermählt auf raffinierte Weise Tradition und Innovation, zwei Schlagwörter, die in einem Restaurant unserer Tage, das etwas auf sich hält, keinesfalls fehlen dürfen, wie auch das Siegel »Produkte aus der Region«; das ist ebenfalls Tavolone zu verdanken, der sich zwei Jahre lang die Sendung *Masterchef* angesehen hat, um schließlich zum Erfinder neuartiger Kreationen zu werden, darunter »Mein kantonesischer Reis« (in Erbsenpüree gekochter Reis mit Würfeln von Prager Schinken, marinierten

Eidotterkrümeln und Sojasoßenperlen) sowie das »Umgekehrte Tiramisù« (in gezuckertem Espresso gekochte Maccheroni, die anschließend in Tiramisù-Creme sautiert, mit Schokoladenraspeln bestreut und warm serviert werden). Von Pilade stammt die freundlich hinterfotzige Hypothese, das Umgekehrte Tiramisù sei ein Vorschlag Aldos gewesen, Frucht einer Reflexion über die Manneskraft von Achtzigjährigen, was jedoch nur böses Gerede zu sein scheint.

Die Atmosphäre ist rundum gediegen und vornehm, mit Barockmusik im Hintergrund und Bücherregalen, in denen die größten Meisterwerke der Kochkunst aller Zeiten zur Schau gestellt werden, von Apicius über Nobu bis zu Brillat-Savarin, bei sorgsamer Nichtbeachtung Jamie Olivers. Unter den durchaus elitären Werken stechen einige Titel hervor, die womöglich ein wenig fantastisch anmuten, etwa *Lecker wie der Penis: Die Rezepte von Moana Pozzi* oder *Das Kochen des weißen Mannes* (Untertitel: *48 Rezepte aus der kannibalistischen Tradition Zentralafrikas*) – ein kleiner Beitrag Massimos, der sich die genannten Bände von einem Buchbinder in San Miniato hat anfertigen lassen.

Auch unter dem Personal sticht ein Element hervor, mit Haaren von einem Rotton, wie er die Männer ihre Ehefrauen vergessen lässt, und zwei Titten von einem Schwung und Umfang, wie sie die Männer ihre Würde vergessen lassen.

Kurzum, ein außerordentliches Lokal, behaglich und erlesen.

Nur zwei Details fallen aus dem Rahmen.

Erstens ein Fernsehgerät, auf dem die Lokalnachrichten laufen, wo just in diesem Augenblick eine außer Rand und Band geratene Menge, alle mit entblößtem Oberkörper, schwarz-blaue Fahnen schwenkt, Menschen, denen es wahrscheinlich nicht nur an Selbstkontrolle fehlt, sondern auch an einem festen Job. Schuld daran ist einzig und allein der AC Pisa, der fünf Spieltage vor Saisonende den Aufstieg in die zweite Liga geschafft hat, zum maßlosen Jubel sonst unauffälliger Teile der Bevölkerung.

Die außer Rand und Band geratene Menge, empfindungslos gegenüber der Eleganz des Lokals, in das ihr Bild übertragen wird, schwenkt nicht nur Banner, sie stimmt auch Sprechgesänge an. Wäre am Fernseher nicht der Ton abgestellt, so würde im Restaurant der unvermeidliche Chor widerhallen: »Von Pisa übers Meer erschallt das Jubellied/wenn's eines schönen Morgens Livorno nicht mehr gibt«.

Aber zum Glück ist der Fernseher stumm, und der Raum liegt still da.

Oder besser gesagt, er läge still da, wenn nicht in regelmäßigen Abständen aus dem angrenzenden Etablissement der dumpfe Aufprall eines Billardqueues herüberschallte, der gegen eine Kugel stößt, gefolgt von der nicht zu überhörenden Stimme eines alten Mannes namens Ampelio, der mit der gewohnten Liebenswürdigkeit (»Ha, das hat gepasst wie ein Finger im Arsch«) die Qualität des Stoßes kommentiert.

Denn da ist nichts zu machen.

Du kannst die weißesten Tischdecken des Universums verwenden, kannst so erlesen dekorieren, wie man es sich nur vorstellen kann, und Gerichte auftragen, die einer Königshochzeit würdig wären; aber du kommst nicht um die Tatsache herum, dass du in Pineta bist, und in Pineta wirst du auch bleiben.

»Na dann, wir sind da«, sagte Aldo mit verkrampftem Enthusiasmus.

»Ja, wir sind da«, wiederholte Massimo, die Augen fest auf den Fernseher gerichtet. »Wir sind da, und da bleiben wir auch.«

»Ganz klar. Wir bleiben da. Die anderen kommen her. Das ist hier schließlich ein Restaurant. Urlauber und andere Leute, denen nicht nach Kochen ist, setzen sich an den Tisch, wir warten ihnen auf, und am Ende zahlen sie.«

»Und jammern über die Rechnung.«

Eine kurze Stille trat ein, die nicht einmal Ampelio sich zu stören erlaubte. Reiner Zufall, versteht sich.

»Massimo, wir haben schon darüber geredet«, sagte Aldo nach einem Augenblick mit geduldiger Miene. »Wir hatten ein Lokal mit ganz bestimmten Eigenschaften im Sinn. Bistroküche, moderate Preise zu Mittag …«

»Und Touristenküche am Abend. Ich weiß. Das hast du mir schon ein Googol Mal gesagt. Du hattest Glück, dass das Restaurant über den Winter zu war, deshalb habe ich dich das nur als Gast sagen hören und nicht als Geschäftspartner. Einem Gast könnte ich nie antworten, was ich dir als Geschäftspartner gerne gesagt hätte.«

»Also mal ehrlich, die Gäste schickst du oft genug zum Teufel.«

»Da hast du recht. Aber diesmal müsste ich eigentlich dich als Geschäftspartner zum Teufel schicken. Wer hatte noch mal die Idee mit der Bistroküche?«

»Ja, ich muss zugeben, das ist nicht so gelaufen, wie wir es uns erhofft hatten«, gab Aldo zurück und betonte das »Wir« mit einer Gelassenheit, die nicht eines gewissen Fatalismus entbehrte.

»Nein, es ist nicht so gelaufen, wie wir es uns erhofft hatten«, sagte Massimo und deutete mit einer Handbewegung auf den Fernseher, wo die in schwarz-blaue Fahnen gehüllten Arbeitslosen fast schon tonlos, aber doch lautstark die stets gültige Parole »Livorno ist scheiße, scha-na-na-na-na« hinausposaunten. »Wenn diese Rindviecher da unsere potenziellen Gäste sein sollen ...«

»Bistrogastronomie, gemäßigte Preise zu Mittag und exquisitere Angebote am Abend«, wiederholte Aldo getreu seiner Rolle als Kenner der Materie, wenn auch nicht ganz frisch in der Arterie. »Aber das hat nicht funktioniert. Jetzt versuchen wir's mit etwas anderem. Hab Vertrauen!«

»Zum Glück hast du nicht gesagt, ich soll ruhig Blut bewahren. Der Letzte, der mir mit diesem Spruch kam ...«

»Da, da ist er! Komm schon, mach den Ton an!«

Mit einer raschen Bewegung des Daumens gab Massimo dem Fernsehgerät die Sprache zurück. Auf dem Bildschirm war jetzt ein Koch zu sehen, der so dick war wie zwei zusammengebundene Köche, die Hände auf eine Arbeitsplatte aus gebürstetem Stahl gestützt.

Eine lakonische Aufschrift wies ihn aus als »Otello Brondi ›Tavolone‹, Restaurant Bocacito, Pineta«.

»Tag, Leute! Heute koche ich euch mal Tintenfischkutteln auf meine Art.«

Es folgte ein Überblick über die Zubereitung des Gerichts, wobei die wichtigsten Punkte von Tavolone mit leicht hochtrabenden Anweisungen begleitet wurden (»Man ergreife die Tintenfische und zerteile sie in Streifen«), die Aldo, hätte er sie persönlich entgegennehmen müssen, gewiss auf die Lunge geschlagen hätten. Aber da sie aus dem Fernseher kamen und der Name seines Restaurants in der Bildunterschrift deutlich zu lesen war, zauberten sie ihm ein befriedigtes Lächeln ins Gesicht.

In dreißig Sekunden waren die kleinen Tintenfische so aufgearbeitet, dass sie Kutteln glichen, und wurden von Tavolones fleischigen Fingern mit barocker Sorgfalt angerichtet, nicht ohne ein Sträußchen Petersilie auf der Seite. Sodann wurde der Teller abgestellt und unmittelbar danach auch der Fernseher.

»Ich muss schon sagen, Tavolone hat sich ganz schön gemacht«, sagte Aldo, während er sich von seinem Stuhl erhob. »Aus den Zutaten der volkstümlichen Küche entwickelt er wahre Meisterwerke. Neuerdings hat er's ja mit Tintenfischen ...«

»Wischnu sei Dank«, bemerkte Massimo und rückte den Stuhl wieder an seinen Platz, denn darauf, dass Aldo das selbst tut, kann man lange warten. »Wenn er sich Langusten in den Kopf setzt, müssten wir die Preise erheblich erhöhen.«

»Massimo, hör mal zu. Wir haben es auf eine Weise versucht, das ging etwas mühsam. Jetzt probieren wir etwas anderes. Die Dinge sind, wie sie sind, und nicht, wie man sie gerne hätte.«

»Eben. Ich weiß genau, dass ein Haute-Cuisine-Restaurant ein Fass ohne Boden ist, und ausgerechnet zu Saisonbeginn muss ich das unsere dir überlassen und für eine Woche in Urlaub fahren.«

Aldo seufzte.

»Punkt eins: Ein Haute-Cuisine-Restaurant ist in erster Linie wegen der Personalkosten ein Fass ohne Boden. Hier sind wir aber nur zu viert: Tiziana und ich im Speiseraum, Tavolone und Natascha in der Küche.«

»Wo sie auch bleiben sollte«, sagte Massimo, während er an die bittere Enttäuschung zurückdachte, die sich kurz nach Aldos Ankündigung eingestellt hatte: »Ich habe jemanden als Spülkraft gefunden, eine junge Ukrainerin, sie heißt Natascha.« Die Alten hatten sich allesamt die Zwillingsschwester der Stefanenko ausgemalt, nur um sich stattdessen der weiblichen Version des Genossen Tschernenko gegenüberzusehen.

»Ja, da ist sie gut aufgehoben. Sie ist tüchtig, schnell und genau, sie bügelt die Tischdecken, dass es eine Freude ist, sie ist pünktlich und verlangt keine Gehaltserhöhung. Jedenfalls sind wir, was die Personalkosten angeht, das sparsamste Restaurant Europas. Auch dank Tiziana, die hier wesentlich mehr Zeit verbringt, als ihr Arbeitsvertrag vorsieht. Was mich zu Punkt zwei führt.«

»Ja, ich weiß.« Massimo seufzte theatralisch. »Sie ist wieder mit Marchino zusammen, der unter den zahlreichen Anwärtern auf diese Ehre nun wahrlich der hässlichste und dümmste ist. Aber was will man machen?«

»Du gar nichts und ich auch nicht«, erwiderte Aldo. »Wer mit wem ins Bett geht, kümmert mich nicht die Bohne, ich bin doch nicht der Herr Erzbischof. Punkt zwei lautet, dass auch du viel zu viel Zeit hier verbringst. Du brauchst eine Verschnaufpause.«

»Da redet der Richtige. Du lebst doch praktisch hier. Im Restaurant arbeitest du, und in der Freizeit bist du in der Bar, also etwa zehn Meter weiter. Demnächst übernachtest du auch noch auf dem Billardtisch.«

»Wenn du einen mit Matratze anschaffst, gerne. Ich bin ein alter Mann, und mein Rücken ist krumm wie eine Bergstraße. Ich bin alt, verwitwet und allein.« Pause.

Eine längere Pause als diejenigen, die Aldo aus physiologischen Gründen einzulegen pflegte, sodass Massimo für einen Moment erschrak. Aber eben nur für einen Moment.

»Du dagegen bist jung und hast zwar die Angewohnheit, deine Mitmenschen blöd anzureden, aber neuerdings auch eine Freundin.«

»Von wegen jung. Ich bin über vierzig.«

»Willst du mit mir tauschen?«

»Mit deiner Gegenwart nicht. Mit deiner Vergangenheit, wenn ich so drüber nachdenke ...«

»Das Einzige, was mir in letzter Zeit passiert ist, waren passierte Tomaten, Manitu verzeihe mir das Wortspiel. Deine Gegenwart sieht ganz anders aus: Du bist mit einer hübschen jungen Frau liiert, die fleißig ist, kein Blatt vor den Mund nimmt und eine derart kurze Zündschnur hat, dass du wirklich nicht wagen solltest, einen vor sechs Monaten gebuchten Urlaub zu verschieben. Die fesselt dich sonst an den Boiler im Badezimmer und fährt alleine los. Und das wäre auch gerechtfertigt.«

»Ja, in dem Fall sollte ich vielleicht ...«

»Ich erspare dir die maßlose Pein, einem anderen Menschen recht geben zu müssen. Hör einfach auf mich, fahr in Urlaub und lass dich eine Woche lang nicht blicken. Hier ist doch sowieso nichts los«, sagte Aldo in einem Ton, der aufrichtig, gelassen und beruhigend klang.

Nur dass er eines vergaß.

Nämlich dass wir uns, wie eingangs erwähnt, in Pineta befinden.

An einem Ort, wo einmal im Jahr jemand umgebracht wird.

Eins

»... So weit also die feierliche Ansprache des Präsidenten an die Fans. Sein Programm lautet: von Anfang an einen Markt entwickeln, der es Pisa erlaubt, den Klassenerhalt in der Serie B zu schaffen, vielleicht sogar mit höheren Ambitionen, die unsere Mannschaft dorthin zurückbringen, wo sie ihren angestammten Platz hat. Doch das alles beginnt erst morgen. Heute ist für Pisa der Tag der drei ›S‹: S wie Serie B, S wie spektakulärer Erfolg, S wie Sektkorkenknallen.«

Mit einem letzten dümmlichen Lächeln senkte der Journalist das Mikrofon, während um ihn herum ein knappes Dutzend Kurzarbeiter hüpfte und sang, beglückt davon, einmal nicht den Montag vom Sonntag unterscheiden zu können.

»Eins hat er noch vergessen, S wie ›saudumm‹«, bemerkte Pilade weit weniger enthusiastisch. »Was gibt's denn da zu jubeln ...«

»Wirklich wahr.« Aldo schüttelte den Kopf. »Wenn man bedenkt, dass wir zu Zeiten Anconetanis eine Macht waren.«

»Hör ihn dir an«, schnaubte Ampelio und drehte sich vom Fernseher weg. »Wir pfeifen schon auf dem letzten Loch, ein Haufen Leute ist noch schlechter dran – deshalb strampeln sie sich ja ab, um zu uns zu kommen –, und er quatscht von Romeo Anconetani.«

»Ich habe nur auf das geantwortet, was Pilade gesagt hat«, verteidigte sich Aldo und zog die Schultern hoch. »Bei der WM 98, ich weiß es noch genau, da waren der Kapitän von Brasilien und der Kapitän von Argentinien beides ehemalige Spieler von Pisa.«

»Ja, das waren noch Zeiten«, stimmte Ampelio zu. »Jetzt kommt vielleicht der Kapitän von Libyen zu uns und der von Syrien. Aber nicht im Fußball, sondern im Tontaubenschießen. Und die schießen nicht auf Scheiben, sondern auf Leute.«

Ein Augenblick der Stille folgte.

Nach den Regeln des Kontrapunkts in der Bar müsste sich in diesem Moment eigentlich der Rechte Rentner einschalten, ein grundlegendes Instrument in einschlägigen Kompositionen, und eine schöne Modulation in Dur über das Thema spielen: *»Die Muslime sind doch alle Verbrecher – vom Irak bis nach Saukerl-Arabien –, die gehören alle rausgeschmissen, gehören die, anstatt dass man dieses Pack weiter massenweise hereinlässt, sehen Sie doch auch so?«* Aber auch die Alten blieben an dieser Stelle kurz stumm, im Wissen, dass dies bis vor Kurzem der Moment von Gino Rimediotti gewesen wäre.

So wie es Gino bis vor Kurzem zugekommen wäre, die wichtigsten Nachrichten aus dem *Tirreno* vorzulesen, mit einer Stimme, die in Großbuchstaben unerbittlich voranschritt, es sei denn, sie stieß auf eine unbotmäßige Vokabel aus einer fremden Sprache.

Nur gibt es diese Stimme unglücklicherweise nicht mehr.

Verehrte Leserin, schütteln Sie nicht den Kopf. Und Sie, lieber Leser, nehmen Sie die Hand wieder aus der Tasche. Ich habe gesagt, die Stimme gibt es nicht mehr. Die Stimme und nur die Stimme. Rimediotti selbst ist weiterhin da; er kann nur nicht mehr reden wie früher. Das liegt an einem

Eingriff an seiner Halsschlagader, bei dem brandgefährliche atherosklerotische Ablagerungen entfernt werden mussten. Die Operation ist gut verlaufen, weshalb das Gehirn des guten Gino weiterhin eine ausreichende Blutzufuhr bekommt. Allerdings musste sich der Chirurg, um an den Arterien herumfuhrwerken zu können, erst einen Weg durch Muskeln, Nerven und anderes physiologisches Material bahnen. Daher hat Rimediotti jetzt zum Sprechen eine kleine Taste zu drücken, so wie bei einem Radio, jedoch einem, das jämmerlich eingestellt ist.

Der krumme Finger senkte sich auf die Taste, und einen Augenblick später brachte Rimediotti hervor:

»Ghhörfrn-alle-rausfwsgeworrfen.«

»Ach, so ein Glück«, bemerkte Pilade und wandte ebenfalls die Augen vom Fernseher ab. »Da ist ja der *Rächer in der Nacht*. Gino, wir haben 2016, nicht 1936.«

»Schfwson-gut. Dasfw-heißt – ich-denk-dasfw-schon-seitfwachtzig-Jahren. Hab-ich-schfwson-immer-gedacht.«

»Eben«, mischte sich Ampelio ins Gespräch. »Also, ich würde ja von dem Chirurgen mein Geld zurückverlangen. Erstens denkst du immer noch so einen erbärmlichen Blödsinn zusammen wie vorher. Und zweitens hat dir der Mann Röhren eingesetzt. Wir haben 2016, da geht das doch alles mit Transistor.«

»Apropos Transistor, schau mal kurz auf den Fernseher.«

»Wieso, hat das Bild Streifen?«

»Nee, aber ist das nicht dein Haus?«

Ampelio drehte synchron zu den drei anderen den Kopf. Auf dem Bildschirm war nicht direkt Ampelios Haus zu sehen, aber ein Ort in unmittelbarer Nähe, der Strand von Sassi Amari, eine der weniger hässlichen Buchten von

Pineta. Ein kleiner Sandstrand im Schutz einiger spitzer Felsen, der zu fortgeschrittener Frühjahrszeit ein idealer Badeplatz gewesen wäre. Nur dass wir a) erst Ende April haben, und da ist es noch ein bisschen kalt, b) in der Nähe des Hafens von Livorno sind, und da ist das Wasser nicht sonderlich sauber, und c) uns in Pineta befinden, und deshalb liegt eine Leiche am Strand.

Rund um die Leiche, die man unter eine Plane gebettet hatte, gingen mehrere Gestalten irgendwelchen Aufgaben nach, während aus dem Off eine Stimme informierte:

»Die tragische Entdeckung machte ein Fischer am heutigen Vormittag, als er an seiner üblichen Angelstelle bei den Klippen die Leiche der Frau bemerkte. Der leblose Körper, geschunden von den Klippen, auf die ihn die Gezeiten geworfen hatten, nachdem er für unbestimmte Zeit im Wasser getrieben war, wurde anschließend von den zuständigen Mitarbeitern des Gerichtsmedizinischen Instituts geborgen …«

»Wasfws, schwemmt's-die-Fflücht-lingjetzfwschon-bisfwshierher?«

»Na klar. Wo die wohl herkam, aus Sardinien?«

»Hm, man kann nie wissen«, analysierte Aldo. »Auf Sardinien gibt's ja auch 'nen Haufen Muslime. Aber soweit ich weiß, machen die alle auf Scheich. Da kommt so leicht keiner nach Pineta.«

»Leck-michfws …«

»Es handelt sich um den Leichnam einer Frau, dem Augenschein nach zwischen zwanzig und dreißig Jahren. Genaueres zu sagen ist angesichts des Zustands der Leiche schwierig. Im gesamten Umland wird um Mithilfe bei der Identifizierung der jungen Frau gebeten. Sachdienliche Hinweise …«

»… erfolgen bitte schleunigst, ich muss nämlich verreisen«, sagte eine Stimme, während sich hinter ihr die Glastür schloss.

»Oh, Signorina Alice. Wie geht's?«

Bevor sie antwortete, trat Alice zu dem Hocker am Tresen und legte ihre Handtasche darauf, einen Lederbeutel von quasi-lateinamerikanischer Machart und beunruhigenden Ausmaßen. Dann stieß sie einen erleichterten Seufzer aus und sah Aldo an.

In einem Punkt war Alice Martelli, seit über zwei Jahren stellvertretende Polizeichefin von Pineta und seit etwas weniger als einem Jahr Massimos offizielle Freundin, sich mit besagtem festen Freund völlig einig: Sie hassten sinnlose Fragen. Eine solide Grundlage für eine entstehende Beziehung, da die beiden in allen anderen zentralen Punkten – wünschenswerte Anzahl von Freunden, politische Haltung, Kleidungsstil und anderes – einander exakt entgegengesetzt schienen.

»Wie es einem so geht mit einer nicht identifizierten Leiche am Bein, wenn man eigentlich für eine Woche nach Portugal will.«

»Na, Portugal ist doch auch nächste Woche noch da.«

»Ampelio, ich weiß, zu Ihrer Zeit bei der Eisenbahn hat man achtmal im Jahr Urlaub gemacht, mit einem Tag Vorankündigung. Aber sehen Sie, ich arbeite bei der Polizei. Wenn ich meinen Urlaub nicht ein Jahr vorher beantrage, bekomme ich keinen. Und manchmal reicht noch nicht mal ein Jahr Vorlauf.«

Gewiss würde die Kommissarin die Unterhaltung gerne fortsetzen; als sinnloses Gerede wird bekanntlich oft das der anderen angesehen. Doch just in diesem Augenblick ging tief unten in ihrer Handtasche der Walkürenritt los.

Hätte man zu Ampelios Zeiten aus einer ledernen Handtasche Wagnermusik dröhnen hören, so hätte wahrscheinlich jemand den Exorzisten gerufen. Heutzutage kann so etwas nicht einmal die schreckhafteste Jungfer erschüttern, geschweige denn Alice.

Erst griff die junge Frau mit der Hand in die Tasche; nachdem sie ein paar Sekunden lang darin herumgewühlt hatte, steckte sie entschlossen den ganzen Arm hinein. Nach ein paar weiteren Sekunden kam sie zu dem Schluss, dass das immer noch nicht ausreiche, und öffnete das Ding so grazil wie ein Yeti-Orthopäde. Schließlich steckte sie den Kopf in den Spalt und tauchte kurz darauf wieder auf, das Mobiltelefon bereits am Ohr.

»Ja, bitte?«

Im nächsten Moment betrachtete sie ihr Handy enttäuscht.

»Ich wüsste ja gern, warum die Leute es so eilig haben. Lassen es dreimal klingeln und legen wieder auf.«

»Ehrlich gesagt, klingelt das Ding seit zehn Minuten. Da stand das vietnamesische Dorf längst in Flammen«, schaltete sich Massimo ein, der soeben aus dem hinteren Teil des Lokals zum Tresen gekommen war. »Na, was soll's, gegen Wagner habe ich nichts. Der passt so gut zu Rimediottis neuer Stimme. Wer war's überhaupt?«

»Dir auch Guten Tag, Schatz«, sagte Alice, die noch immer auf ihr Mobiltelefon starrte. »Das war der Gerichtsmediziner, den kann ich nachher zurückrufen. Von dort läuft normalerweise keiner weg. Machst du mir erst mal einen Cappuccino?«

Während Alice ihr Handy behutsam auf den Tresen legte, sah Aldo sie missbilligend an.

»Sind bei der Polizei eigentlich alle so unsensibel?«

»Mehr oder weniger.« Alice nickte zerknirscht. »Das ergibt sich mit der Zeit.«

»Weißt du, das ist sowieso eine Frage der Perspektive«, sagte Massimo und deutete, während er die Milch aufschäumte, mit dem Kinn gen Fernseher, wo Rimediotti gerade ein Spätvormittagsprogramm eingestellt hatte, das eine durchgehende Reihe von Unglücksfällen versprach. »Für euch ist das da Unterhaltung, für sie ist es Arbeit.«

»Pff, Unterhaltung«, protestierte Ampelio. »Das ist Information. Ich lebe hier.«

»Habe ich schon gemerkt«, sagte Massimo und stellte der Kommissarin eine Tasse mit weißem, schokoladebestäubtem Schaum hin. »Bitte sehr, ein Cappuccino, wie ihn sich der Große Architekt vorgestellt hat, als er die Welt erschuf. Teilchen dazu?«

»Nein danke. Ich habe beschlossen, bis zu unserer Abreise brav zu sein. Wir werden in Portugal sowieso ganz schön zulegen. Ich glaube, man kann in keinem anderen Land so gut frühstücken wie dort.«

»Beshhher-alshh-in-Ithhalien?«, fragte Gino und schaffte es dabei, ungläubig zu klingen, trotz der niedrigen Auflösung.

»Sie haben keine Ahnung, Gino. Da gibt es zum Beispiel dieses Kloster, Belém, mit seinen einzigartigen Törtchen. *Pastéis de Belém*. Davon könnte ich eine ganze Wagenladung verputzen. Wenn ich zwei Monate in Lissabon verbrächte, wäre ich auf der Hinreise Michelle Hunziker und bei der Rückkehr Platinette.«

»Na, zum Glück fahrt ihr bloß für eine Woche hin«, warf Ampelio ein. »Hier zahlt ja schon Pilade mit seiner Wampe

Gebühren für die Nutzung von öffentlichem Grund. Sie hätten uns gerade noch gefehlt.«

»Du könntest auch mal nach Lissabon fahren«, gab Pilade gelassen zurück. »Soll wirklich schön sein. Du könntest auch gleich dortbleiben.«

»Momentan hoffen wir, dass wir für eine Woche hinfahren«, sagte Alice und stellte die restlos leere Tasse aufs Tellerchen zurück, nachdem sie sich mit wohlerzogener Zungenspitze den Schaum von der Lippe geleckt hatte. »Wenn nämlich – Gott bewahre – niemand die Ärmste identifiziert, die tot am Strand gefunden wurde …«

»Welche tote Frau am Strand?«

»Wieso, ist da noch eine gefunden worden?«

»Weiß man schon was? Kannten Sie sie?«

»Nein. Ich habe sie nur gesehen. Recht jung, groß, gesund. Naturblond mit blauen Augen. Wir haben ein Phantombild anfertigen lassen, aber das Gesicht war schon ganz aufgedunsen und vom Aufprall auf die Felsen übel zugerichtet. Dem Aussehen nach könnte sie aus Osteuropa stammen, aber da täuscht man sich leicht.«

»Vielleichtfw-eine-Prostfwituier-te?«

»Das glaube ich nicht. Sie hatte gepflegte Hände, aber ohne lackierte Fingernägel, und sah nicht vulgär aus. Allerdings hatte sie ein auffälliges Tattoo, davon versprechen wir uns Aufschluss.«

»Ein Tattoo. Aha! Diese Primitivenmuster, die neuerdings in Mode sind. Ja, die sehen aus, als wäre einem ein Motorrad über den Arm gefahren …«

»Nehmen Sie's mir nicht übel, Pilade«, sagte Alice, die aufgehört hatte, die Schaumreste vom Boden ihrer Kaffeetasse zu kratzen, »aber Tribal Tattoos waren in Massimos

Jugend in Mode. Und ich darf Ihnen so oder so nichts Näheres sagen, die Information ist vertraulich.«

In Massimos Jugend?

»Sagen Sie's, wie es ist, Signorina. Wir sind ja auch so was wie eine Familie.«

»Stimmt. Neuerdings machen hier alle auf Schwiegermutter«, bemerkte Massimo schmallippig.

»Jedenfalls hoffe ich«, versetzte die Kommissarin, »dass schleunigst jemand die Leiche identifiziert, sonst sehe ich mich meinen Urlaub schon in Pineta verbringen.«

»Es soll Leute geben, die fahren dafür eigens hierher«, echauffierte sich Ampelio. »Sogar aus England!«

»Dass die Engländer abseitige Neigungen haben, ist sattsam bekannt«, bemerkte Massimo. »Außerdem, ich sag's dir noch mal, das ist alles eine Frage der Perspektive. Für einen, der in den Bergen lebt, ist ein Skiurlaub vielleicht nicht das höchste der Gefühle. Und den Gerichtsmediziner würde ich auf jeden Fall zurückrufen. Vielleicht wollte er dir ja sagen, dass sie schon identifiziert ist.«

»Ja, ich weiß. Oder besser, ich hoffe es. Ich wollte mir den Cappuccino nicht verderben lassen, falls ... Na, wenn man vom Teufel spricht ...«

In der Tat hatte das Mobiltelefon erneut angefangen, eifrig zu vibrieren, und wankte entschlossen auf den Rand des Tresens zu, im vage faschistischen Rhythmus des Klingeltons. Bevor sich das Gerät im Namen des Reichs in die Tiefe stürzen konnte, fing Alice es auf.

»Ja, bitte? Am Apparat. Wie? Ach so. Sie ist bereits beim Gerichtsmediziner? Ich verstehe. Aber wer spricht da? Sind Sie ein Verwandter? Aha!«

Die Kommissarin musterte ihr Mobiltelefon mit neuer

Zuneigung und ließ es dann umstandslos in die Handtasche fallen.

»So, anscheinend war schon jemand im Leichenschauhaus. Hoffen wir das Beste. Schatz, ich fürchte, du wirst tatsächlich in Urlaub fahren müssen.«

»Stört es dich denn nicht, mit einem alten Mann zu reisen?«

»Mit einem alleine nicht.« Alice lächelte. »Fünf davon wären mir auf Dauer wohl ein bisschen zu viel.«

»Sie wissen nicht, was Sie verpassen«, sagte Aldo würdevoll.

»Sie-weißfws-es-nichfw, und-du-weisfws-es-nich-mehrr …«

Zwei

»So, jetzt fehlt mir nur noch die Wachstuchjacke, dann wären wir so weit. Wir waren schnell, oder?«

»Kann man sagen. Eines ist mir allerdings unklar: Wozu brauchst du so eine Jacke, wir fahren doch nach Portugal, und es ist Ende April.«

Tatsächlich war das nur einer von sieben oder acht Zweifeln, die Massimo im Lauf des Vormittags gekommen waren.

Eines Vormittags, an dem sich Alice dem Vorurlaubsshopping gewidmet hatte, während Massimo als Begleiter/Personal Stylist/Sherpa/Finanzminister fungierte. Letztere Rolle hatte er mit besonderer Beflissenheit gespielt, indem er lächelnd die Kreditkarte zückte und der Reihe nach folgende Gegenstände bezahlte:

a) ganze vier Reiseführer: einen über Lissabon, einen über Portugal ganz allgemein, einen über typisch portugiesische Küche sowie einen kunstgeschichtlichen über manuelinischen Barock;

b) sodann zwei Rucksäcke: einen Wanderrucksack, wie man ihn zur Besteigung des Annapurna braucht, Koffer kann ich nämlich nicht ausstehen, und damit fühlt sich's eher wie ein Campingurlaub an, und einen kleineren Daypack mitsamt dem obligatorischen Plüschtier, das nun weisungsgemäß von einem der Reißverschlüsse baumelte, um das Öffnen des unpraktischen Teils noch komplizierter zu machen, eine Verrichtung, die eindeutig ihm zufallen würde, oder soll ich etwa den Rucksack abnehmen, mein Rücken ist ganz verschwitzt, wäre doch peinlich, Massimo, danke;

c) sowie ungezählte Arzneipackungen, darunter: Darmantibiotikum, Antidiarrhoikum, Laxativ (entscheid dich doch wenigstens), Anti-Insekten-Stick, Blasenpflaster und sechs verschiedene Schmerzmittel.

»Ach, weißt du, ich will schon auch den Atlantik sehen«, antwortete Alice, ohne ihren Schritt zu verlangsamen. »Und erfahrungsgemäß ist es an der Küste eines Ozeans ziemlich kühl. Dir könnte eine Jacke übrigens auch nicht schaden.«

»Ich habe schon eine.«

»Was, dieses fies grüne Ding, das aussieht wie frisch aus der DDR? Ich sag's dir, wenn du in meiner Gesellschaft diese Uniformjacke anziehst, dann läufst du auf der anderen Straßenseite. Ich kenne dich nicht.«

»Das habe ich mir gedacht. Aber ich habe die Jacke halt lieb gewonnen. Darf ich sie wenigstens mitnehmen?«

»Ja, klar. Wenn ich das Ding in Portugal wegwerfe, können wir wenigstens sicher sein, dass du es nicht wiederfindest. Komm schon, Massimo, das geht doch nicht. In dem Teil siehst du noch älter aus, als du bist.«

Und gib's ihm.

»Dann hätten wir's, würde ich sagen. Oder fällt dir noch was ein?«

Schön bequem in einem Straßencafé auf der Piazza Garibaldi sitzend, vor sich einen Cappuccino und einen Eistee, die einmal von anderen zubereitet worden waren, um den

Tisch herum einen Schutzwall aus Paketen und Päckchen jeder erdenklichen Größe, so genossen Massimo und Alice die verdiente Ruhepause des zwanghaften Käufers. Während Alice ihren Cappuccino schlürfte, hakte sie mit eiliger Genugtuung die Punkte auf einem Zettel ab, den sie einem kleinen Fach in ihrem Notizbuch entnommen hatte. Die Liste *Dringende Besorgungen* war eine von zahlreichen Methoden, mit denen Alice ihre Vorhaben für den jeweiligen Tag anvisierte. Wurden diese nicht zu hundert Prozent umgesetzt, bot das Anlass zur Unzufriedenheit. Für Alice bestand zwischen der Erledigung aller Dinge bis auf eines und der Erledigung von nur der Hälfte davon kein nennenswerter Unterschied. Eine alles andere als lineare Denkweise, die Massimo noch nicht lange kannte, aber doch schon zu fürchten gelernt hatte.

»Darf ich dir mal was sagen?«

Na sicher doch, sagte Massimo mit einem wortlosen Nicken, auch weil er einen Eiswürfel im Mund hatte. Schon immer greift Massimo, sobald sein Eistee leer ist, zum Glas und saugt die Eiswürfel einen nach dem anderen aus wie Karamell. Das hat er schon als Kind so gemacht, und er sieht keinen Grund, damit aufzuhören.

»Dein Cappuccino ist um einiges besser«, sagte Alice und stellte die Tasse auf dem Tischchen ab. Die leere, versteht sich.

Massimo fand den Moment ungeeignet, um darauf hinzuweisen, dass man sich ja auch auf seinen Cappuccino konzentrieren könnte, anstatt beim Trinken mit der falschen Hand auf einer Liste herumzukritzeln. Vielleicht würde man das Getränk dann mehr genießen.

»Ich-mach-daf-vomberuf.«

»Schluck doch runter, bevor du sprichst, du klingst ja wie Rimediotti. Die da« – Alice zeigte mit einem Nicken zum Eingang des Cafés – »machen das auch von Beruf, nur nehmen sie ihn offenbar nicht so ernst wie du.«

»Entweder macht man etwas richtig, oder man lässt es bleiben. Du verstehst ja, was die Arbeit angeht, auch keinen Spaß. Ich hatte, ehrlich gesagt, schon Angst, dass wir wegen dieser Toten am Strand doch nicht in Urlaub fahren.«

Nein. Um wirklich ehrlich zu sein, müsste ich dir sagen, dass ich gehofft habe, du würdest wegen dieser Toten den Urlaub verschieben wollen. Dann hätte ich meine geliebte Bar im Auge behalten können, zu einem für ihre weitere Entwicklung so heiklen Zeitpunkt.

»Nein, nein, das hat sich erledigt. Aufgrund der Vorgeschichte haben die Kollegen in Pisa die Ermittlungen übernommen. Die Sache würde eher in ihre Zuständigkeit fallen. Meine Güte, vielleicht haben sie recht ...«

»Aufgrund welcher Vorgeschichte?«

»Tja, es gibt da einen wirklich hässlichen Hintergrund, ich hab's heute Morgen erzählt bekommen. Also, die Frau war Ukrainerin. Sie hieß Olga, Olga Irgendwas. Einer von diesen Namen voller Konsonanten. Seit zwei Jahren in Italien, als Pflegekraft angestellt. Der Erste, der sie identifiziert hat, war der Typ, bei dem sie gearbeitet hat. Mariano Marino. Echt jetzt, wie kann man Marino mit Nachnamen heißen und seinen Sohn Mariano nennen?«

Ich find's eigentlich ganz rhythmisch, aber lassen wir das.

»Der Erste? Wieso, haben sich noch mehr Leute gemeldet?«

»Ich sag's dir. Eine ganze Wagenladung Matrjoschkas mit

Kopftüchern, man kam sich vor wie an einem polnischen Wallfahrtsort. Alter zwischen zwanzig und fünfzig, Gewicht zwischen fünfzig und hundertfünfzig. Die wollten sie alle unbedingt sehen, und ich musste ihnen erklären, dass das ein Leichenschauhaus ist und kein Aufbahrungsraum. So weit kommt's noch! Als der Arzt das Tuch anhob, haben sie angefangen sich zu bekreuzigen wie die Hubschrauber. Olga hier, Olga da, und dann ein Riesengezeter. So ist auch die Geschichte mit ihrem Mann rausgekommen.«

»Ihrem Mann?«

Alice musterte Massimo von der Seite.

»Du scheinst neugierig zu sein. Ich dachte, du willst mit Mordfällen nichts mehr zu tun haben?«

Stimmt. Aber bevor dir noch weitere Einkäufe einfallen, höre ich lieber was von der armen Olga.

»Also, die Tote war mit einem gewissen Evgenij Bondarenko verheiratet, einem richtigen Prachtkerl. Wir haben ja ein bisschen gebraucht, um seine Olga zu identifizieren, aber der Name und die Visage von Evgenij Bondarenko sind polizeibekannt. Raubüberfall, Einbruchdiebstahl und derlei mehr. Während Evgenij auf Staatskosten logierte, reichte Olga die Scheidung ein, was ihr lieber Gatte anscheinend nicht sehr freundlich aufgenommen hat. Daraus ergaben sich dann weitere Anzeigen.«

»Stalking.«

»Genau. Aber in solchen Sachen unternimmt das Gesetz wenig. Der Bürger erstattet Anzeige, wir sprechen ein Kontaktverbot aus, aber diese Arschlöcher scheren sich nicht darum. Ich hatte mal eine Frau, die total verzweifelt war: Sie hatte ein Kontaktverbot gegen ihren Ex-Mann erwirkt, nur um dann von der Schwiegermutter verfolgt zu werden.«

»Von der Schwiegermutter?«

»Mhm. Die war plötzlich überall. Einmal hat sie sie in aller Öffentlichkeit als Nutte beschimpft, an der Supermarktkasse. Na ja. Jedenfalls hat unsere Olga nach der Anzeige den Wohnort gewechselt, von Padua nach Pineta.«

»Für ihre Tätigkeit als Altenpflegerin hat sie da eine gute Wahl getroffen«, bemerkte Massimo und nickte langsam. »Wenn es allerdings darum ging, sich zu verstecken …«

»Ganz richtig. Vor einem Monat ist tatsächlich, man weiß nicht, wie, der liebe Evgenij in Pineta aufgetaucht. Wenigstens behaupten das ihre Freundinnen. Der Mann, bei dem sie als Pflegerin arbeitete, hat das alles bestätigt, aber mehr auch nicht.«

Alice kratzte mit dem Kaffeelöffel ein wenig Schaum zusammen und schob ihn sich in den Mund. Dann schüttelte sie den Kopf und legte den Löffel wieder weg.

»Bei den Freundinnen ist das ganz anders. Sie haben mir genau erklärt, was wir mit Evgenij machen sollen, wenn wir ihn zu fassen kriegen. Ich erspare dir die Einzelheiten, aber anscheinend hat der liebe Evgenij, als er auf freiem Fuß war, seine Frau häufig und gerne verprügelt. Die Freundinnen mögen ja aus der Ukraine stammen, aber was Strafverfolgung angeht, sind sie noch beim Hammurabi-Kodex.«

»Wer, hoffst du, erwischt ihn? Sie oder ihr?«

Alice deutete mit dem Kaffeelöffel von sich weg.

»Auf jeden Fall sie. Ich habe damit nichts am Hut. Den Fall übernimmt sowieso der Polizeipräsident von Pisa. Das alles liegt so klar, dass ein Kind den Fall bearbeiten könnte, vorausgesetzt …«

»Vorausgesetzt?«

»Vorausgesetzt, der liebe Evgenij wird geschnappt. Aber

Gottchen, sie haben den Fall übernommen, das ist jetzt ihr Bier.«

»Angepisst bist du trotzdem.«

»Ach, ich hätt's halt nett gefunden, wenn sie mir ein paar Fragen gestellt hätten. Aber ich habe ja nur ein Physikstudium absolviert und bin Expertin für Trackingsysteme, was soll man mit so einer schon anfangen?«

Massimo schüttelte den Kopf.

»Alice, mich kann noch nicht mal mein Großvater verschaukeln, und der kennt mich seit vierzig Jahren. Da musst du noch einige Cappuccinos schlürfen, bis dir das gelingt. Was passt dir an der Sache nicht?«

Alice schlug die Beine übereinander und verschränkte die Arme. Dann schüttelte sie den Kopf und sah auf den Arno hinaus.

»Also, ich weiß nicht. Das ist alles so übertrieben. Ein Haufen kreischender Frauen, die im Pulk auftreten ...«

»Die weiße Squaw spricht mit gespaltener Zunge. Da ist noch irgendwas anderes.«

Alice schnaubte und stellte die Beine wieder nebeneinander.

»Mensch, Massimo. Ja, da ist noch was anderes.«

»Aber das willst du mir nicht verraten?«

»Ich will dich nicht beeinflussen. Mir ist da eine Unstimmigkeit aufgefallen. Aber zerbrich dir mal nicht den Kopf, das bilde ich mir wahrscheinlich nur ein.«

»Vielleicht geht's mir ja genauso.«

»Nein, glaub mir, das ist unmöglich. Und ich habe dir sowieso nicht genug erzählt, auf der Grundlage kannst du das nicht verstehen. Na ja, jedenfalls haben mir diese Ukrainerinnen kein bisschen gefallen.«

»Ja, das immerhin habe ich verstanden. Und wie geht es jetzt weiter?«

»Ach, um alles Weitere kümmert sich jetzt der Polizeipräsident. Erst mal geht es natürlich darum, den Ex-Genossen Evgenij zu fassen. Dann sehen wir, was der zu sagen hat. Aber bis es so weit ist, können wir beide in Urlaub fahren, zurückkommen und unsere überschüssigen Pfunde wieder loswerden.«

Es war Mittag vorbei, als Massimo die Bar wieder betrat. Spät genug, dass die Alten unterwegs zum Essen sein müssten. Schließlich werden im Hause Viviani seit Anbeginn der Zeiten mittags um halb eins die Beine unter den Tisch gestreckt, und die Zeit, die Ampelio brauchte, um die Strecke von der Bar bis nach Hause zurückzulegen, war selbst auf drei Beinen nicht zu vernachlässigen.

Und doch saß die Clique bei Massimos Ankunft immer noch da, mit Ausnahme Aldos, der die Bar verlassen hatte, um ins Restaurant hinüberzugehen. Zu seiner freudigen Überraschung fand er anstelle von Marchino Tiziana hinter dem Tresen vor.

»Hallo, Leute! Was macht ihr denn hier?«

»Also, das könnte man dich auch fragen«, sagte Tiziana in einem Ton, der nicht zu ihrer sonstigen natürlichen Sanftmut passen wollte.

»Ich war mit Alice ein paar Reisebesorgungen erledigen. Du weißt ja, falls keine unverhofften Katastrophen oder Todesfälle auftreten, fahre ich morgen in Urlaub.«

»Morgen?« Tiziana nahm das letzte Glas und knallte es in den Geschirrkorb, dann öffnete sie missmutig die Spülmaschine und belud sie, als läge alle Schuld bei dem Gerät.

»Ich dachte, du bist schon weg. Hast dich ja seit zwei Tagen nicht blicken lassen.«

»Verstehe. Na, jetzt bin ich da. Und deshalb übernehme ich jetzt den Tresen. Ich, das heißt, laut diesem Kassenbeleg hier, der Inhaber dieses Lokals. Siehst du? ›Caffè BarLume, Viviani & Griffa‹. Da also von uns beiden nicht ich hier angestellt bin, Tiziana jetzt gehen zu Aldo in den Saal und machen ihre Arbeit.«

»Wird wohl das Beste sein«, sagte die junge Frau, trocknete sich die Hände ab und umschiffte den Tresen ohne ihr gewohntes »Ja, Massa«.

Es folgte ein Augenblick der Stille, die man mit Händen hätte greifen können.

Nur ein Augenblick, versteht sich.

Keine Stille kann allzu lange anhalten, wenn ein Ampelio im Raum ist.

»Wirklich, Junge, so sympathisch wie eine Ohrfeige mit Scheiße an der Hand.«

»Ich war wohl kaum derjenige, der angefangen hat. Und sofern ihr die Bar nicht in meiner Abwesenheit verkauft habt, bin immer noch ich hier der Chef. Ich erteile Anweisungen, die Angestellten führen sie aus.«

Und das war vielleicht ein bisschen zu viel, zumal in Anwesenheit von Ampelio und Pilade. Beide waren am selben Tag in die Gewerkschaft eingetreten, an dem sie ihren ersten Lohn entgegengenommen hatten (ob Pilade jemals angefangen hat zu arbeiten, darüber bestehen seit jeher starke Zweifel). Seither waren sie Vorkämpfer des ruhmreichen Ringens gewesen, getreu dem Prinzip »Alle oder keiner«, mit dem schönen Resultat, dass keiner entlassen wurde und die Firma nach sechs Monaten schließen musste, also alle ab nach Hause.

»Es ist immer wieder dasselbe«, bemerkte Pilade bitter. »Wie sagte noch Celentano? Keine Arbeit, keine Liebe, aber wer arbeitet, dem besorgen sie's früher oder später, wie man's nicht haben will.«

»Das wäre ja die erste vernünftige Äußerung, die Adriano Celentano von sich gegeben hat«, kommentierte Massimo, während er sich hinter den Tresen begab. »Davon abgesehen, habe ich sie um kei-ne ein-zi-ge Überstunde gebeten. Wenn ihr jemanden nerven wollt, der Arbeiter ausbeutet, dann geht doch in eine Bank.«

»Aber-wiefwso? Zahlen-die-etwa-nichfw-orrdentlichfw-bei-der-Bank?«

»Da haben wir's mal wieder. Gino, haben sie dir die Arterie ganz zugestopft? Massimo redet von Leuten mit Girokonto.«

»Also von den allermeisten«, unterstrich Pilade. »So wie die allermeisten von uns als Angestellte arbeiten. Was glaubst du, was da los wäre, wenn niemand die Rechte der Arbeiter verteidigt? Da würd's ja zugehen wie in China.«

»Davon bin ich überzeugt«, pflichtete Massimo ihm bei, während er sich die schwarze Barista-Schürze umband. »Leider höre ich von den Pflichten der Arbeiter kein Wort. Was vielleicht erklären könnte, dass es bei uns zugeht wie in Italien. Aber jetzt entschuldigt mich, ich war den ganzen Vormittag mit Alice unterwegs, und nach den Einkäufen haben wir uns ein bisschen verplaudert. Weshalb ich jetzt einen Haufen zu erledigen habe.«

Alice? Plaudern?

Jeder hat im Leben Prioritäten.

Bis zu einem gewissen Alter hat ein Fußballspiel für die meisten Männer Vorrang gegenüber so gut wie allem mit Ausnahme von Sex; ab einem gewissen Alter ist Sex dann keine Kategorie von maximaler Bedeutung mehr, sondern wird selbst zur Ausnahme. Dreht sich das Rad weiter dem Verfallsdatum entgegen, so verliert auch das Fußballspiel allmählich seinen Reiz, und jeder von uns ersetzt es durch das, was ihm beliebt: die Enkel, die Tombola, das Bocciaspiel oder Mordfälle.

Und daran ändert auch keine Gewerkschaftsdiskussion etwas: Mit einem fangfrischen Toten kann kein anderes Thema mithalten.

»Wie geht's denn Alice? Hat sie noch viel zu erledigen?«, begann Pilade um den heißen Brei herumzureden, wie man es von einem Mann seines Appetits eigentlich nicht erwarten sollte.

»Nein, das hat sich erledigt. Die Tote wurde identifiziert, und da die arme Frau Ausländerin war, hat Pisa den Fall übernommen«, erklärte Massimo ihm knapp und im Glauben, damit schon fertig zu sein.

»Ausländerin? Und woher?«

»In der Zeitung stand, sie sei wohl Russin.«

»Ukrainerin«, antwortete Massimo, der der Versuchung, jemanden zu korrigieren, wie immer nicht widerstehen konnte.

»Ukrainerin, schau an«, sagte Pilade anerkennend. »Dann war sie am Ende wirklich eine Bordsteinschwalbe.«

»Pflegerin«, biss Massimo ein weiteres Mal an und schaffte dabei die seltene Glanztat, neun Buchstaben so auszusprechen wie eine einzige Silbe.

»Pflegerin? Bei wem?«

»Bei einem Mann namens Mariano Marino«, verlor Massimo endgültig die Kontrolle. »Was einmal mehr beweist, dass Mörder in dieser Gegend über keinerlei Urteilskraft verfügen. Da hätte er einen fast Hundertjährigen zur Auswahl, und was macht er? Bringt eine knapp über Zwanzigjährige um.«

»Da hast du's. Wenn's nach ihm ginge, könnten wir Alten alle tot umfallen.« Pilade stemmte die Absätze in den Boden und schob seinen Stuhl vom Tischchen weg. »Trotzdem, wenn das der Marino ist, den ich kenne, dann ist das ein junger Hüpfer, der hat noch nicht mal sechzig auf dem Buckel. Dem muss irgendein Unglück passiert sein, wenn er 'ne Pflegerin braucht. Also, gehen wir jetzt essen oder was?«

»Ja, Pilade, was gibt's denn bei dir heute Feines?«, fragte Ampelio, aufrichtiges Interesse heuchelnd.

»Braten mit Kartoffeln«, sagte Pilade, während er sich langsam erhob.

»Wirklich?«, hakte Ampelio ungläubig nach.

»Ja, wirklich.« Pilade nickte mit sokratischer Abgeklärtheit und schob den Stuhl an seinen Platz zurück. »Meine Vilma liest mir das Rezept vor, bis ich Appetit kriege. Und dann knallt sie mir ihr gedünstetes Gemüse auf den Teller. Wirst schon sehen, wenn das so weitergeht, dann kenne ich den nächsten Toten von Pineta.«

»Ach komm, bevor du verhungerst, fließt noch einiges Wasser ...«

»Ich rede doch nicht von mir. Ich rede von meiner Frau. Wenn die so weitermacht, drehe ich ihr irgendwann den Hals um.«

Drei

Die Menge möglicher Anordnungen einer Gruppe von Objekten wächst mit der Fakultät von deren Anzahl.

Die Fakultät, das nur zur Erinnerung für diejenigen, die während der Kombinatorik-Stunden in der Vorschule nicht aufgepasst haben, ist das Produkt einer natürlichen Zahl und aller natürlichen Zahlen, die ihr vorausgehen. Und dieses Produkt steigt in rasantem Tempo an. Die Fakultät von 3 ist eine harmlose 6, die Fakultät von 4 schon eine ansehnliche 24; die Fakultät von 5 ergibt beachtliche 120, die von 6 Ehrfurcht gebietende 720 und die von 7 geradezu Furcht einflößende 5040.

Wären die Objekte, von denen wir hier sprechen, die Buchstaben des Alphabets, so würde das aussagen, dass es 5040 mögliche Anagramme des Wortes »Muschel« gibt. Allerdings haben nur sehr wenige davon auf Deutsch eine Bedeutung.

Wären die Objekte, von denen wir hier sprechen, sieben Gepäckstücke, die es im Kofferraum eines Autos zu verstauen gilt, so würde das heißen, dass es 504 mögliche Anordnungen gibt, mit denen sich der Raum ausfüllen lässt; und dabei ist noch nicht berücksichtigt, dass Gepäckstücke ja verschieden ausgerichtet oder rotiert werden können. Dennoch erlauben nur sehr wenige der fraglichen Varianten, den Deckel zu schließen, nachdem man den Kofferraum vollgestopft hat – in der Mehrzahl der Fälle lässt sich zwar der Hohlraum füllen, doch was das Schließen betrifft, Pustekuchen.

Dank dieses Ausflugs in die Zahlentheorie werden nun alle Leser nachvollziehen können, weshalb Massimo und Alice am Morgen ihrer Abreise nach Portugal beinahe den Flug verpasst hätten.

»Na, siehst du, wir haben's geschafft.«

»Ja. Aber nur weil Wischnu es gut mit uns meinte. Vierzig Minuten, um die Koffer wieder in den Wagen zu laden. Ich verstehe nicht, warum du nicht bis zum Check-in warten konntest, um das Gepäck zu öffnen.«

Das Gepäck, oder genauer: den untersten Koffer im Kofferraum zu öffnen, der unter dem gesamten restlichen Gepäck begraben lag, als Massimo gerade mit dem Einladen fertig war – genau das war Alices Ansinnen gewesen, denn eben dort hatte sie den Roman verstaut, den sie gerade las und im Flugzeug unbedingt weiterlesen wollte.

»Na, am Check-in ist so viel los, da hätte ich's vielleicht vergessen.«

»Dann kann es nicht so wichtig sein, wie du mir weismachen wolltest. Man hätte ja denken können, wenn du im Flugzeug nicht weiterlesen kannst, bekommst du einen Anfall.«

Leider hatte sich die *Operation Wiedereinladen*, nachdem das kostbare Büchlein aus dem Kofferraum von Massimos glorreichem Ford Focus entnommen worden war, als unerwartet schwierig herausgestellt. Und so hatte Massimo Alice *La teologia del cinghiale* von Gesuino Némus in die Hand gedrückt und war im Vertrauen auf die Theologie des

Autofahrers losgefahren, der knapp dran ist: auf jene komplexe, um nicht zu sagen schizophrene Beziehung zu einem Wesen hoffend, an das man gar nicht glaubt, dem man jedoch in etwa ausgewogenem Maß bald dankt, bald grollt: für grüne Wellen, Staus, vermiedene Auffahrunfälle, Rentner, die mit 30 km/h die Fahrbahn blockieren, unverhoffte Parkplätze und nur allzu absehbare Verkehrspolizisten.

»Du bist so sympathisch wie die Regierung Monti. Das Buch ist toll. Und ich kann doch nicht verreisen ohne was zum Lesen. Sonst fühlt sich's nicht nach Urlaub an.«

»Da hast du recht«, stimmte ihr Massimo zu. Mit einer nicht allzu ungelenken Bewegung streifte er den kleinen Rucksack ab und entnahm ihm befriedigt ein Paperback mit leuchtendem Cover. »Vorausschauende und kluge Zeitgenossen führen ihr Buch von vornherein im Handgepäck mit sich.«

»Ein vorausschauender und kluger Zeitgenosse trägt als Erstes schon mal keinen Rucksack, das tun allenfalls Dreißigjährige. Du musst schon entschuldigen, Massimo, aber es ist nicht mit anzusehen. Wobei ich in diesem Fall eher von einem drögen als von einem klugen Menschen sprechen würde. Findest du es wirklich angebracht, einen solchen Wälzer in den Urlaub mitzunehmen?«

Massimo wog das gewichtige Exemplar von Jan Kåhres *The Mathematical Theory of Information* in der Hand, als überlegte er, ob er es aufschlagen und seinen Intellekt mit den wertvollen Überlegungen nähren sollte, die der Titel versprach, oder ob er es besser fest geschlossen halten sollte, um einer Freundin damit einen Hieb zu versetzen, die keine Gelegenheit ausließ, ihn einen alten Mann zu nennen.

»Punkt eins, ich bin gar nicht so alt. Falls du den Sinn dieses Begriffs besser erfassen möchtest, hätte ich in der Bar ein paar hervorragende Beispiele zur Hand. Wenn sie bei unserer Rückkehr noch am Leben sind, dann zeige ich sie dir mal. Und damit zu Punkt zwei: Ich fahre in den Urlaub, also will ich etwas, das aus dem Rahmen fällt. Während der Arbeitszeit bin ich einem Brei aus Gemeinplätzen und intellektuellen Zumutungen ausgesetzt, da möchte ich wenigstens im Urlaub sehen, ob mein Hirn noch auf Touren kommt.«

»Wenn's nur das ist, könnte man sich ein paar Denkmäler anschauen. Ein Kloster besuchen oder so. Aber eigentlich, Massimo, geht es genau darum. Überleg mal, wie du deine Umgebung behandelst. Ständig als alter Knacker bezeichnet zu werden, ist nicht angenehm, oder?«

Kommissarin eins, Massimo null.

»Ich behandle sie gar nicht alle schlecht«, sagte Massimo ein paar Stunden später, als das Flugzeug über Spanien hinwegglitt. »Aldo zum Beispiel behandle ich als meinen Geschäftspartner.«

»Mit anderen Worten, schlecht.« Alice sah nicht einmal von ihrem Buch hoch. »Wenn auch nicht ganz so schlecht wie den Rest der Welt. Aber das tust du nicht, weil er dein Partner ist, sondern weil du ihn für intelligent hältst.«

»Richtig. Aldo ist ein intelligenter Mensch, aber er hat auch seine Macken, das sage ich dir. Natürlich, wenn du da bist, dann gibt er sich elegant und zurückhaltend, da ist er ein Gentleman, aber eigentlich ist er eine schlimmere Klatschbase als die anderen drei zusammen. Die verstellen sich wenigstens nicht. Dazu kommt, wie gesagt, wohl auch bei ihm die eine oder andere verkalkte Arterie. Überall sieht er Geheimnisse. Wenn er sich etwas in den Kopf setzt, reitet er so lange darauf herum, bis man ihm schon aus Erschöpfung recht gibt. Gestern hat er mich wegen unserer Abspülerin kirre gemacht, das kannst du dir gar nicht vorstellen.«

»Der Abspülerin?«

»Ja, Natascha. Unsere Abspülerin.« Die hässlich ist wie ein Leguan, wollte Massimo schon sagen, hielt sich aber zurück. »Die ist ebenfalls aus der Ukraine.«

»Eine Ukrainerin? Ich dachte, sie ist Vulkanierin.« Alice tastete die Tüte nach einer übrig gebliebenen Erdnuss ab. »Und was ist mit ihr? Hält er sie für eine Geheimagentin? Vom KGB? Dem Mossad? Dem WWF?«

»Nein, so weit geht es noch nicht. Aber er hat mir erzählt, Natascha hätte sich letztes Jahr, als eine ältere Ukrainerin bei einem Verkehrsunfall ums Leben kam, einen freien Tag nehmen wollen, um auf die Beerdigung zu gehen. Das ist jetzt die Kurzfassung, er hat mir die Geschichte vom Pferd erzählt und die von der Kutsche noch dazu. Jedenfalls sind Beerdigungen bei den Orthodoxen wohl eine ernste Sache.«

»Freut mich für sie. Wir Atheisten lärmen bekanntlich mit Tröten rum, pusten Luftschlangen durch die Gegend und bewerfen die Witwe mit Wasserbomben.«

»Nein, ich meine, sie begehen das mit einer hochkomplexen Zeremonie. Die Rede war von Hymnen, Waschungen des Leichnams und anderen pikanten Einzelheiten, vor allem aber ist es anscheinend ein gemeinschaftliches Ritual. Alle sind daran beteiligt. Da wird ein Leichenschmaus vorbereitet, und zwar richtig prunkvoll, wie bei einer Hochzeit, und es laufen Leute durch die Straßen und stellen tütenweise Essen hin, damit auch jeder etwas abbekommt. Manche verschulden sich sogar, um den Gedenkschmaus für ihren lieben Verstorbenen zu bezahlen. Wer daran nicht teilnimmt oder bei den Vorbereitungen nicht mithilft, der sendet laut Aldo eine ziemlich klare Botschaft. Nämlich dass er keinen Grund habe, das Andenken an den Betreffenden zu feiern, weil er ihn schon zu Lebzeiten nicht geschätzt hat.«

»Oha!«

Eine knappe Interjektion, die einiges über Alices Interesse an der Angelegenheit aussagt. Im Unterschied zu Massimo, der die Äußerung schon als Mumpitz abgelegt hatte.

»Wieso oha? Findest du etwa …?«

Alice klappte ihr Buch zu, behielt aber den Zeigefinger als Lesezeichen zwischen den Seiten.

»Ich finde gar nichts. Aber vielleicht weise ich meine Kollegen in Pisa darauf hin. Du wirst sehen, dass sie das interessiert. Ich habe dir ja schon gesagt, dass mit der armen Olga irgendetwas nicht stimmte.«

Für einen Pedanten war die Gelegenheit zu schön, um übergangen zu werden.

»Nein, du hast das lediglich angedeutet. Wörtlich sagtest du: ›Mir sind diese Ukrainerinnen ja alle suspekt.‹«

»Ja, eben. Ich mag Menschen, nicht die Leute. Wenn man all diese Fräulein, Frauen und Dragoner reden hört, könnte man fast glauben, Olga sei eine Mischung aus Maria Montessori und Buddha gewesen, und der Mann, jetzt fällt mir sein Name nicht ein …«

»Der liebe Evgenij?«

»Der liebe Evgenij, danke, der wäre, wenn es nach ihnen geht, noch nicht mal bei den Islamisten froh, der fände den IS zu pazifistisch. Entschuldige, aber solche Typen gibt es nicht.«

»Das heißt, die Ukrainerinnen haben dich deiner Meinung nach belogen.« Massimo wiegte leicht den Kopf. »Aber es gibt da noch eine andere Möglichkeit. *Sampling bias.*«

»Ja, ich weiß«, sagte Alice und sah aus dem Fenster. »*Sampling bias.* Da hast du schon recht.«

Ja, Massimo hat recht. Und der Leser könnte sich dazu verleiten lassen, ihm ebenfalls recht zu geben, weil er dieser Aussage Glauben schenkt, ohne über ausreichende Informationen zu verfügen. Das machen wir ja auch häufig im wirklichen Leben, ob es nun um Politik oder Wirtschaft geht, um die Justiz oder Fußball, einmal mehr oder weniger würde da kaum auffallen.

Aber es wäre doch sehr schön zu wissen, wovon hier eigentlich die Rede ist, um einmal jemandem fundiert recht geben zu können. Und da dies ein Roman ist und nicht das wirkliche Leben, bitte sehr:

Sampling bias, zu Deutsch auch Stichprobenverzerrung, ist ein gängiger Fehlschluss, der darin besteht, die Menschen, die wir kennen, für eine repräsentative Auswahl zu halten.

Das spektakulärste historische Beispiel ist das eines bekannten Herstellers von Dosennahrung, der in London eine Umfrage durchführen ließ, um herauszufinden, ob ein kurz vor der Markteinführung stehendes Produkt erfolgreich sein würde oder nicht. Dazu wurde das Viertel Golders Green ausgewählt, das für seine extrem heterogene Bevölkerung bekannt war: Dort lebten Manager neben Kindergärtnerinnen und Metallarbeitern, Bonzen neben Abgehängten, Überflieger mit Doktortitel neben Leuten, die noch nicht einmal die Kita besucht hatten.

Bei dem neuen Dosenprodukt handelte es sich um Bohneneintopf mit Schweinerippchen. Die Bewohner des Viertels, ob Grobian oder Feingeist, Gourmet oder Hungerleider, antworteten zu neunzig Prozent: Nein, das Zeug würden sie nie im Leben kaufen.

Also strich die Firma das Produkt von ihrer Einführungsliste, aber das war ein Fehler.

Denn die Bewohner von Golders Green hatten, so unterschiedlich sie in puncto Arbeit, Einkommen, Bildungsgrad und Liebenswürdigkeit auch sein mochten, eines gemeinsam.

Sie waren zu neunzig Prozent Juden.

Wenn es sich nicht anbietet, die Marktfähigkeit einer Schweinewurst durch die Abkömmlinge Sems beurteilen zu lassen, so sollte man auch dem Urteil einer Gruppe über einen Menschen misstrauen, der mit den Beteiligten seinen Status als Einwanderer teilt, seine Tätigkeit (Schwarzarbeit) und sämtliche andere Probleme, darunter wahrscheinlich einen handfesten, aber arbeitslosen Mann. Dazu kommt, dass sich die Stichprobenauswahl hier nicht dem Zufall verdankt. Denn wenn wir ehrlich sind, findet sich niemand im Leichenschauhaus ein, um zum bloßen Zeitvertreib Tote zu identifizieren. Wenn der Verstorbene ein Freund ist, dann macht man sich die Mühe; wenn er einem egal war oder einem auf den Senkel ging, verspürt man dazu möglicherweise keinen Drang.

Unwichtige Gemeinsamkeiten, etwa dass man zur selben Zeit am selben Ort ist, verbergen zuweilen weit signifikantere gemeinsame Merkmale.

Zum Beispiel bei zwei Personen, die im selben Flugzeug, das gleich in Lissabon landen wird, nebeneinandersitzen.

Manchmal ist das ein Zufall, manchmal auch nicht.

Da es bei Massimo und Alice kein Zufall ist, schlage ich vor, wir lassen sie für ein paar Tage in Frieden, während sie Belém besuchen, Batalha, die Quinta da Regaleira und andere Orte mit weiblichen Namen, wie sie sich in Portugal finden, wenn auch nicht alle für ewig.

Erstens, weil sie sich das verdient haben.

Zweitens, weil es nicht lange währen wird.

$\log_2(16)$

Der Espresso.

Wenn mir im Urlaub außerhalb Italiens eines fehlt, dann ist es der Espresso. Aber die hier bekommen sogar einen ordentlichen Espresso hin.

Massimo setzte die Tasse vorsichtig und präzise auf dem Tellerchen ab, sodass nichts knirschte, als wollte er die Harmonie der Sinne, die deren Inhalt geschaffen hatte, nicht durch ein unpassendes Geräusch stören. Dann streckte er die Hand nach der *Gazzetta* aus.

Ein perfektes Frühstück, Seite an Seite mit einer Freundin, die ihm Sicherheit vermittelte, ohne ihn zu bedrängen, vor sich den für heute geplanten Streifzug durch diverse Klöster, hinter sich mehrere Tage der Ruhe, der Besuche in anderen Klöstern oder laikalen, aber nicht weniger beruhigenden Aktivitäten, im Magen das Beste, was die portugiesische Konditorenkunst zu bieten hatte, und dazu einen derart espressomäßigen Espresso, dass er sich einfach nicht besser beschreiben ließ.

Während Alice mit benediktinischer Sorgfalt ihre tägliche To-do-Liste erstellte, einen präzisen Slalomlauf durch die Geschäfte der Baixa samt obligatorischer Fahrt durch die Altstadt, in kleinen Straßenbahnen, die älter waren als die Gebäude selbst, breitete Massimo fein säuberlich sein eigenes Stück Papier aus. Die *Gazzetta*.

Die vom Vortag, versteht sich, im Ausland findet man nur schwer eine aktuelle italienische Zeitung, aber die Onlineausgabe war für ihn nicht dasselbe.

Wenn man kein Mobiltelefon hat, kann so gut wie nichts einen solchen Augenblick ruinieren.

Und Massimo hatte sein Mobiltelefon zu Hause gelassen.

Unglücklicherweise hatte Alice das ihre dabei.

»Ja?«, antwortete die junge Frau fröhlich.

Kurzes Schweigen.

»Ja, ja, er ist hier. Soll ich ihn dir geben?«

Beim zweiten Satz lag in Alices Stimme nichts mehr von dem Glück, ihren gegenwärtigen Zustand urlaublicher Sorglosigkeit mit jemandem teilen zu können. Massimo streckte die Hand nach dem Mobiltelefon aus, aber Alice hielt ihn mit einer Handbewegung zurück.

»Ah! Ich verstehe.«

Ich nicht, sagte Massimos Gesicht. Doch Alice war völlig aufs Gespräch konzentriert und hörte zu, ohne ein Wort zu sagen. Gut eine Minute verharrte sie schweigend, sie nickte noch nicht einmal, während Massimo versuchte, die Ohren zu spitzen wie ein Dobermann, aber nur entschlüsseln konnte, dass am anderen Ende der Leitung Tiziana war.

»Wie heißt dieser Anwalt?«

Anwalt?

Alices Hand schnappte sich einen Zahnstocher und kratzte »RA ROSSI« auf die Tischdecke, wo die Buchstaben mit Mühe lesbar blieben, während Alice weitersprach.

»Entschuldige, ich habe das nicht verstanden. Was heißt, er hat sie förmlich aufgefordert?«

Förmlich aufgefordert?

Er, womöglich der Anwalt. Sie, eine Frau, also weiblich – oder sie, mehr als eine Person.

Ich beginne zu ahnen, von welchen Kandidaten hier die Rede sein könnte.

»Ja, das will ich wissen«, fuhr Alice in sachlichem Tonfall fort. »Hat er ihnen eine förmliche Aufforderung übergeben, also etwas Schriftliches, oder hat er nur gesagt: ›Sollten Sie sich nochmals erlauben, meine Mandantin zu behelligen, so sehe ich mich gezwungen ...‹?«

Mit diesen Sätzen wurde die Ahnung zur Gewissheit.

Folgendes war passiert, wie Alice Massimo erklärte, während sie auf ihr Zimmer gingen: Die vier Jungspunde hatten die Witwe Deianira Dello Sbarba besucht, Mutter von Mariano Marino und vordem Schutzbefohlene von Olga, die Marino nämlich zur Pflege seiner Mutter angestellt hatte, war doch diese nicht nur Diabetikerin und fast taub, sondern auch zweiundneunzig Jahre alt, sodass man mit einer Verbesserung ihrer Lage kaum mehr rechnen durfte. An dieser Stelle des Berichts hatte Alice darum gebeten, die Einzelheiten von den unmittelbar Betroffenen zu erfahren, und war an Aldo weiterverbunden worden.

Die Witwe hatte den Besuch offenbar durchaus goutiert.

Teils weil sie immer nur zu Hause saß und niemand zum Plaudern vorbeikam – sodass ich ständig mit diesen blöden Russinnen allein bin, die kein Wort Italienisch können und nichts zu sagen wissen als »Signora, das schlecht« und »Signora, nicht rumlaufen, ich gerade gewischt«.

Teils auch, weil Ampelio & Co. der Witwe einen strengstens verbotenen Käsekuchen mit Passionsfrucht mitgebracht hatten, den die passionierte Genießerin Signora

Dello Sbarba, verwitwete Marino, auch ohne künstliche Zähne zu sich nehmen konnte, denn, glauben Sie's, diese Mistamseln verstecken mir ständig das Gebiss, damit ich keine Kekse essen kann, und dann fragen sie auch noch: »Signora mögen Süppchen?«, worauf ich antworte, das ist keine Suppe, das ist ein Mundeinlauf, aber was versteht ihr schon vom Kochen, ihr habt doch sowieso bloß zwei Rezepte, Kohl mit Kartoffeln und Kartoffeln mit Kohl, schneiden Sie mir doch bitte noch ein Stückchen ab, danke, zu gütig.

Die Witwe hatte die junge Frau weder allzu enthusiastisch noch allzu abschätzig beschrieben (»genauso eine Schlampe wie die anderen auch«) und Olgas letzte Stunden mit gewissen Abweichungen von den bekannten Tatsachen rekonstruiert. So behauptete die alte Dame, ihre Pflegerin sei am Sonntagabend noch putzmunter gewesen, als sie wie üblich gegen neun das Haus verlassen habe (»Signora, bin morgen um acht wieder da« – »Von mir aus könntest du da gern wieder in deinem blöden Russland sein«, so der Austausch von Höflichkeiten nach Angaben von Signora Dello Sbarba, verwitwete Marino). Der Autopsie zufolge war Olga um diese Uhrzeit jedoch definitiv schon tot gewesen. Aldos Meinung nach ließ sich diese Abweichung durch den Umstand erklären, dass sich die Signora bei Zeitangaben nicht als sonderlich zuverlässig erwiesen habe. Unter anderem sei sie felsenfest davon überzeugt gewesen, dass der Montag unmittelbar auf den Samstag folge und der derzeitige Regierungschef Benito Mussolini heiße.

In einem anderen Punkt freilich hatte sich die alte Dame als äußerst verlässlich herausgestellt, referierte Aldo durch Alices Mund, während diese den Koffer aufklappte, und zwar beim entschlossenen Zerlegen des Käsekuchens, den die Witwe bis auf den letzten Krümel vertilgt hatte.

Wenige Minuten später war der unvermeidliche Zuckerschock eingetreten, gefolgt von Bewusstlosigkeit und sofortiger Einweisung im zügig eingetroffenen Krankenwagen, den Aldo persönlich herbeigerufen hatte.

Am Tag danach war der Rechtsanwalt des Sohnes in die BarLume gekommen und hatte die Alten in aller Form, aber eben auch förmlich dazu aufgefordert, das Haus von Signora Dello Sbarba nicht noch einmal zu betreten, ob mit oder ohne Leckereien. *Mit* jedoch dreimal nicht.

»Ich hatte doch keinen Schimmer, dass sie Diabetikerin ist, hat er gesagt. Das glaubt man ihm gerne. Na ja, die alte Dame ist inzwischen außer Gefahr. Und auch für unsere Senioren sehe ich keine Probleme.«

»Bist du dir da sicher? Wenn ich zum Beispiel aussage, dass das Ganze ein Mordversuch war, können sie einpacken, oder?«

»Hilf lieber mir beim Einpacken, statt Blödsinn zu reden.« Die junge Frau nahm Massimo einen Haufen bereits zusammengelegter Unterhosen aus der Hand und begann, sie ein weiteres Mal zusammenzulegen. »Sie wollten doch nur helfen. Versteh mich richtig, ich rechtfertige ihr Vorgehen nicht, aber ich kann es verstehen. Seit Jahren spielen sie die Partisanen von der Piazza Garibaldi. Daran haben sie sich eben gewöhnt, und nichts ist schwerer auszumerzen als eine Gewohnheit. Besonders wenn man gar nicht merkt, dass man sie hat.«

»Ich weiß«, antwortete Massimo. »Was glaubst du, warum ich mich Jahr für Jahr bemühe, im BarLume etwas zu ändern? Vergangenes Jahr habe ich tausend Euro für eine Saftpresse ausgegeben, um frische Gemüsesäfte anbieten zu können. Natürlich kostet das, aber es muss sein. Sonst gewöhnt man sich an den Status quo und spult bloß noch seine Routine ab. Jetzt muss ich nur noch herausfinden, welche Routinegewohnheit ich in diesem Jahr unschädlich machen will, dann habe ich bis September ein ruhiges Gewissen.«

»Aha! Ein ausgezeichneter Vorsatz. Darf ich was vorschlagen?«

Natüüüüürlich darfst du. Und ich darf dann machen, was mir in den Kram passt. Aber man sollte keine Gelegenheit auslassen, seiner Freundin zuzuhören. Eine Regel, die Massimo im Laufe seines langjährigen Alleinseins hartnäckig unbeachtet gelassen hatte, als ihm eine Bettgenossin fehlte. Was diese Regel bedeutete, begann er erst in jüngster Zeit zu erfassen, da es eine Frau gab, neben der er morgens aufwachte.

»Du könntest anfangen, Tiziana besser zu behandeln.«

Was?

»Besser als jetzt? Sie hat dreizehneinhalb Monatsgehälter, zwanzig Tage Urlaub, flexible Arbeitszeiten. Das Einzige, womit ich noch weiter zu ihrem Wohlbefinden beitragen könnte, wäre die Entlassung von Marchino. Eine junge Frau wie sie hat Besseres verdient.«

»Das ist typisch Mann«, erwiderte Alice, während sie sich ans Zusammenlegen der drei bis vier Hektar Kleider machte, die sie in den vergangenen Tagen erworben hatte. »Sie hat Besseres verdient, Hauptsache, ich bin damit einverstanden.«

»Na, lassen wir das. Aber es ist doch eher umgekehrt, sie

sollte die anderen besser behandeln.« Massimo stellte seinen tadellos geschlossenen Koffer neben die Tür. »Seit Wochen stichelt sie bei jeder Gelegenheit. Und in den Tagen vor dem Urlaub wurde es immer noch schlimmer.«

»Tja, das arme Ding. Wer weiß, was es mit diesem Verhalten auf sich hat.« Alice schüttelte den Kopf, vielleicht aus Mitgefühl für Massimos Angestellte, vielleicht aus einer plötzlichen Einsicht heraus: Damit sie all ihre Einkäufe in einem Gepäckstück unterbringen könnte, bräuchte dieses mindestens ein Nummernschild. »Vielleicht ist sie ja hysterisch, wie alle Frauen, aber wohlgemerkt nicht immer, nur achtundzwanzig Tage im Monat. Vielleicht liegt es aber auch daran, dass du untätig zusiehst, wie sie alle herumkommandieren wie eine Behinderte.«

»Tiziana und behindert? Alles, was recht ist, dieses Adjektiv wäre mir nie in den Sinn gekommen. Höchstens vielleicht ...«

»Massimo, ohne Tiziana würde der Laden den Bach runtergehen.«

Stimmt.

Ohne Tiziana, das wäre die Hölle.

Im Restaurant, weil sie erstens ihre Arbeit macht und zweitens die von Aldo, der ja ein guter und lieber Mensch ist, aber eigentlich nur noch Vivaldi auflegt und den weiblichen Gästen auf den Hintern guckt, während er ihnen den Stuhl zurechtrückt.

In der Bar, weil es zwar aus Liebe geschieht und so weiter, aber wenn sie kein Auge auf Marchino hätte, würde er jeden Abend dreißig verschiedene Flaschen aufmachen, um mal den Bellini mit einem Cartizze auszuprobieren statt mit normalem Prosecco, am Ende zahlst sowieso du.

Tatsache war, dass Massimo Tiziana vor inzwischen zehn Jahren eingestellt hatte, weil sie eine aufgeweckte und gründliche junge Frau war, aber vielleicht auch wegen ihrer atemberaubenden Oberweite, die wir nicht weiter beschreiben wollen, nur eines sei gesagt: Wenn Massimo bei Plato las, vollkommene Formen existierten nur in der Abstraktion des Denkens, dann ging ihm durch den Sinn, dass auch ein großer griechischer Philosoph einen ziemlichen Stuss daherreden konnte.

Dann aber war Tiziana erwachsen geworden. Von einer Zwanzigjährigen mit reichlich Enthusiasmus und Potenzial hatte sie sich zu einer Dreißigjährigen entwickelt, die den Komplex BarLume/Bocacito ohne Weiteres am Laufen halten und führen konnte und in die Aldo und Massimo volles Vertrauen hatten, natürlich vorausgesetzt, sie hielt sich an ihre Weisungen.

»Tiziana springt überall ein, wo Not am Mann ist«, fuhr die Kommissarin fort. »Sie ist schon lang nicht mehr nur die Saalkellnerin, sie löst Probleme über ihre Aufgaben hinaus.«

»Da wir's schon mit Problemlösungen haben, soll ich mich vielleicht auf den Koffer setzen?«

»Wenn das möglich wäre, ja, danke. Langer Rede kurzer Sinn, Massimo: Ich habe schon oft genug zugehört, wenn ihr euch unterhaltet. Tiziana macht die besten Vorschläge zur Führung des Restaurants, aber am Ende passiert, was Aldo sagt. Der, lass dir das gesagt sein, mehr als nur ein bisschen abbaut. Und dann muss sie sich, sobald du mal nicht da bist, auch noch an die Bar stellen und unseren Principe del Mojito im Zaum halten.«

»Was die Bar betrifft, gebe ich dir recht. Was das Restaurant angeht, so ist Aldo nun mal ein Partner. Und Tiziana eine Angestellte.«

»Verstehe. Könntest du mir die Marmorplatte zeigen, in die Moses dieses elfte Gebot gemeißelt hat, oder fürchtest du, dass sie kaputtgehen könnte?«

Massimo schüttelte den Kopf. »Ich weiß nicht, ob Tiziana das gut finden würde. Vielleicht bleibt sie ja lieber angestellt. Von wegen sicherer Job und so.«

»Hast du sie das nie gefragt? Entschuldige, lass es mich anders formulieren: Hast du nie in Erwägung gezogen, sie das zu fragen?«

Nein. Es ist mir noch nicht mal durchs Vorzimmer des Oberstübchens gegangen. Und manchmal bedeutet Schweigen nicht Zustimmung, sondern Ablehnung.

»Na bitte. Du könntest es doch mal probieren.«

»Ja, könnte ich. Entschuldige meine Direktheit, aber hier hat jeder seinen Job. Du bist stellvertretende Polizeichefin, und ich führe eine Bar. In letzter Zeit, scheint mir, kommt es da manchmal zu Missverständnissen.«

»Damit habe ich nicht angefangen. Und jetzt mach dieses Ding zu, sonst schaffen wir's vor morgen nicht nach Sintra.«

»Hallo? Ja, am Apparat.«

Um nach Sintra zu gelangen, muss man von Lissabon aus der A 5 gen Westen folgen, Richtung Loures; nach etwa fünfzehn Kilometern biegt man in Richtung Sintra-Cacém ab. Von da braucht man etwa eine Viertelstunde bis zur Ankunft und noch eine weitere, um einen Parkplatz zu finden. Dann hat man es endlich geschafft.

Wenn man es wirklich nach Sintra schaffen will, ist allerdings noch anderes nötig, und zwar eine gewisse Vorsicht im Umgang mit portugiesischen Autofahrern, die der festen Überzeugung sind, auf Schnellstraßen sowohl links als auch rechts überholen zu dürfen. Des Weiteren glauben sie, der Sicherheitsabstand, den man selbst als Angabe in Metern interpretiert, bemesse sich in Wirklichkeit in Zentimetern, und Hupen seien dazu da, Fahrzeuge in Luft aufzulösen, mit denen eine Kollision droht. Im Laufe seines Lebens hatte sich Massimo ein paar Mal die müßige Frage gestellt, warum es in der Formel 1 so wenige portugiesische Fahrer gab, lediglich zwei seit deren Bestehen. Im Lauf dieses Urlaubs hatte sich der Grund dafür in all seiner gefährlichen Objektivität manifestiert.

Als Alices Telefon klingelte, galt Massimos Aufmerksamkeit daher der Straße und den Dutzenden von Trotteln, die sich keinen Deut um dieselbige Verkehrsordnung scherten. So bekam er vom ersten Teil des Anrufs nicht viel mit.

»Ja, ich habe verstanden. Also kein Raubüberfall, sondern nur Sachbeschädigung. Und was ist daran dringend?«

Massimo war immer wieder fasziniert davon, wie sich Alices Stimme veränderte, wenn sie zur Kommissarin wurde. Kurze, zupackende Sätze. Keinerlei Zugeständnisse an eine ihrer größten Gemeinsamkeiten, die Ironie. Die Massimo in jedweder Lage einsetzen zu können glaubte: einer der größten Unterschiede zwischen ihnen.

»Ah! Gut. Ja, in Ordnung. Sicher, wenn er das sagt.«

Ein weiterer Unterschied zwischen ihnen war der Umgang mit dem, was Massimo ungeschriebene Gesetze nannte.

Wir alle schaffen uns im Leben ungeschriebene Gesetze:

kategorische Imperative, die uns daran hindern, Verhaltensweisen in Betracht zu ziehen, die nicht nur vollkommen legal sind, sondern auch niemandem schaden würden.

Hätte man Massimo danach gefragt, so hätte er als erstes ungeschriebenes Gesetz Alices das folgende benannt: Wenn ich etwas nicht selbst gemacht habe, gehört es neu gemacht. Und wenn ich nicht dabei war, siehe Punkt 1. Damit hätte er absolut recht gehabt: Massimo kannte wie fast alle Menschen die ungeschriebenen Gesetze der anderen sehr gut, die eigenen dagegen nicht.

»Dann fällt die Sache zwangsläufig in unsere Zuständigkeit«, sagte Alice gerade. »Ja, ich habe verstanden. Nein, was entschuldigst du dich, Pardini? Du hast nur deine Arbeit gemacht. Denk dir nichts dabei.«

Woraufhin sich Alice zu Massimo umdrehte, auf ihrem Gesicht die Bitte, einen Gefallen in Anspruch nehmen zu dürfen.

»Hör mal, Massimo, es ist was Blödes passiert.«

Das Dritte, was man benötigt, um nach Sintra zu gelangen, ist, dass kein Anruf aus Italien kommt, durch den man erfährt, dass in Pineta oder Umgebung ein Verbrechen begangen wurde.

Was bedeutet, dass der Urlaub mit der Freundin vorbei ist.

Zwischen Vier und Fünf

»›Terrorismus oder Sachbeschädigung? Stellvertretende Polizeichefin Martelli: keinerlei Hinweise auf terroristischen Hintergrund. Ein Bericht von Kevin Bellatalla.‹ Also, das gibt's doch gar nicht. Heißt mit Nachnamen Bellatalla und tauft seinen Sohn auf Kevin. ›Pineta. Es war ein böses Erwachen für die Eigentümer der Villen, die auf die Cala del Saracino blicken, diesen so malerischen Golf an unserer Küste, auf den die prachtvolle Passeggiata del Saracino hinausgeht. Diese Straße steil über dem Meer wird von den herrlichen Jugendstilvillen gesäumt, die in der Nachkriegszeit von Romeo Andreazzani entworfen wurden.‹ Jugendstil in der Nachkriegszeit, ich bitte dich. Früher musste man noch was Ordentliches gelernt haben, um Journalist zu werden.«

Aldo verlas, die Arme weit ausgestreckt, um die Zeitung in größtmöglichem Abstand zu halten, in distanziertem Ton die Nachricht des Tages. Ringsum lauschten ihm die drei anderen aktiven Mitglieder des Movimento Quattro Vecchi still und konzentriert. Es ging zwar nicht um einen Toten, aber Gesprächsstoff brachte das hier allemal.

»›Villen, die in der Nacht von Donnerstag auf Freitag zur Zielscheibe von Vandalen wurden, als unbekannte Täter die Fassaden der an der Passeggiata gelegenen Häuser mit roter Farbe verunzierten.‹ Verunziert, der trägt ja ganz schön dick auf. Das sind Jugendstilhäuser aus den Fünfzigerjahren, da wurde halt ein bisschen Kunst am Bau betrieben, oder weiß man's?«

»Ja, aber was haben sie konkret gemacht?«

»Dazu komme ich gleich. ›Der Erste, der die Verschandelung bemerkte, war Renzo Menotti, Inhaber der bekannten Bausanierungsfirma Menotti & Söhne. Seine Überraschung wurde nur teilweise durch den Umstand abgemildert, dass auch andere Villen auf dem Hügel von anonymer Hand verunstaltet worden waren, und zwar auf die exakt gleiche niederträchtige Weise: mit dem auf Arabisch und Italienisch auf die Fassade des jeweiligen Hauses gesprühten Schriftzug ‚Gott ist groß'.‹«

»Donnerwetter, wirklich?«

»Na, schau's dir selber an.«

Nicht ohne Schwierigkeiten drehte Aldo die Zeitung um hundertachtzig Grad und hielt das Schwarz-Weiß-Foto hoch, auf dem die Fassade eines der ehrwürdigen Häuser der Jahrhundertwende zu sehen war. Der Name auf dem Klingelschild war nicht zu lesen; gut zu erkennen dagegen der sich deutlich von der Fassade abhebende Schriftzug »Gott ist groß«, das Verb »sein« in der dritten Person Singular in prächtigem Rot über der Haustür, untermalt von einem zweiten Schriftzug auf Arabisch.

»Te-rrrrwfhristen«, bemerkte Rimediotti vorhersehbarerweise.

»Nicht doch, Gino, hier geht es um Kunst«, erwiderte Aldo seelenruhig. »In Rom haben sie in den Vatikanischen Museen Statuen verhüllt, weil sie nackt waren. Hier werden halt die Villen verhüllt, weil sie die Weltsicht dieser Leute beleidigen.«

»Na, hör mal, wie kann eine Villa die Weltsicht von irgendwem beleidigen?«

»Sie ist im Liberty-Stil erbaut«, antwortete Aldo trocken. »Für religiöse Fanatiker gibt es nichts Schlimmeres.«

»Dann-warrn-dashh-wirrklichh Trrrorhsten?«

»Klar doch«, meldete sich Massimo von hinter dem Tresen. »›Horden fundamentalistischer Muslime fallen über die toskanische Küste her. Zwölf Bierlokale dem Erdboden gleichgemacht. Extremistische Splittergruppen des IS lassen Restaurants, in denen Wildschwein mit Oliven serviert wird, in Flammen aufgehen.‹ Komm schon, Gino. Jetzt, wo sie dir die Ablagerungen aus der Halsschlagader entfernt haben, kannst du das Gehirn einsetzen, ohne allzu viel zu riskieren. Und es ist ja so gut wie neu.«

»He, Gino, wenn du Neuigkeiten willst, da kommt genau die Richtige.«

Stimmt. Hinter der Glastür, eingehüllt in einen grellorangen Kaftan des Typs Ich-bin-eigentlich-noch-im-Urlaub, also eher Besansegel als Kleid, schickte sich die stellvertretende Polizeichefin Alice Martelli unmissverständlich an, die Bar zu betreten. Was sie ein paar Augenblicke später auch tat.

»Oh, Signorina Alice«, begrüßte Aldo sie galant. »Liegen bei Ihnen die Kugeln immer noch verkehrt herum?«

Wer hier stutzt, verehrtes Publikum, der tut das zu Recht. Wollte Aldo die Kommissarin auf Deutsch schockieren, müsste er sie etwa fragen: »Sind Sie immer noch angepisst?« Aber seine anschließende Anekdote aus dem Ersten Weltkrieg, die könnte er dann vergessen. Schon klar, als Autor kann man nicht immer an den Übersetzer denken.

»Äh, danke der Nachfrage«, antwortete Alice, die nur

noch mit dem Mund lächelte. »Wissen Sie, gestern war ich auf der Straße nach Sintra ...«

»*Das Geheimnis der Straße von Sintra*«, fiel ihr Aldo ins Wort. »Ein großartiger Roman. Haben Sie ihn nie gelesen?«

»Ich fürchte, nein. Wie ich gerade sagen wollte, war ich gestern noch in Sintra, und heute bin ich in Pineta. Tun Sie sich keinen Zwang an, Aldo.« Alice setzte sich auf ihren Lieblingshocker am Ende des Tresens, und Massimo machte sich daran, ihr pflichtschuldigst einen Cappuccino zuzubereiten. »Aber ich muss mich schon wundern. Erst empfangen Sie mich mit einer Grobheit, und dann fallen Sie mir auch noch ins Wort. So kenne ich Sie gar nicht.«

»Für die unhöfliche Unterbrechung bitte ich um Vergebung«, antwortete Aldo vornehm. »Aber was die Grobheit angeht, Signorina, da muss ich Ihnen widersprechen. Was ich da gesagt habe, war überhaupt nicht anzüglich gemeint, jedenfalls nicht im ursprünglichen Sinn.«

»Ach nein?«

»Nein, wirklich nicht. Sehen Sie, die Redensart geht auf die Zeit von 15 bis 18 zurück, als sich am Piave die Italiener und die Österreicher gegenüberstanden. Die Österreicher mit ihrer Gründlichkeit verwendeten an der Front Dum-Dum-Geschosse, da waren die Projektile vorne kreuzförmig eingeritzt, sodass beim Aufschlag aufs Ziel ...«

»... der Geschossmantel aufplatzte und sich der Bleikern überall verteilte, schon klar. Ich weiß, Aldo, für Sie bin ich ein süßes kleines Mädchen, aber durch meine Arbeit habe ich doch schon den einen oder anderen Schuss abgegeben.«

»Das freut mich zu hören. Aber ist Ihnen auch bekannt, was die richtigen Mistkerle unter den Italienern gemacht haben? Die haben die Projektile aus der Patronenhülse geschnitten und sie kopfunter wieder reingeschoben, also verkehrt herum.« Mit seiner von der Arthritis verkrümmten Hand imitierte Aldo den Vorgang, nur für den Fall, dass Alice in den vergangenen zwanzig Sekunden ertaubt wäre. »Das Geschoss, das unten nicht ummantelt und damit nun instabil war, platzte beim Aufprall und kam ins Rotieren, was unsaubere, häufig tödliche Wunden verursachte, selbst wenn keine lebenswichtigen Organe getroffen worden waren. Solche böswilligen, blutrünstigen Soldaten, um die man besser einen Bogen machte, wurden mit der Zeit sprichwörtlich. Bei ihnen lagen die Kugeln stets verkehrt herum.«

»Ich glaube Ihnen kein Wort«, sagte Alice. »Massimo, stimmt das, oder nimmt er mich auf den Arm?«

»Ist alles wahr«, antwortete Massimo, während er der jungen Frau ihre unsinnige Mischung aus Espresso und Schaum hinstellte. »Weißt du, Aldo kennt sich mit dem Ersten Weltkrieg aus, er hat ihn ja noch selbst erlebt.«

»Habe ich nicht einen netten Freund?«, sagte Alice, die jetzt auch mit den Augen lächelte.

»Den haben Sie sich selbst ausgesucht, Signorina«, antwortete Ampelio, dessen Augen schon zu glitzern begannen, sobald die junge Frau die Bar betrat. »Wenn wir etwas mehr Zeit gehabt hätten, dann hätten wir ihm einen Hund geschenkt. Seien Sie ehrlich, wie oft hat er sich im Urlaub beschwert? Oft oder viel zu oft?«

»Nicht doch, er hat sich heldenhaft geschlagen«, wiegelte Alice ab. »Besonders bei der Nachricht, dass ich die Reise abbrechen müsste. Ein anderer hätte mich zum Flughafen gebracht und dort abgesetzt. Und das alles wegen eines solchen Quatsches.«

»Dann waren es keine Terroristen?«

»Ach was«, antwortete Alice. »Da haben sich ein paar Grünschnäbel einen Spaß gemacht. Wissen Sie, was da auf Arabisch steht?«

»Also, im *Tirreno* heißt es: ›Gott ist groß‹.«

»Tatsächlich? Nein, auf Italienisch steht da: ›Gott ist groß‹. Auf Arabisch lautet der Spruch anscheinend: ›Couscous mit Lamm und Gemüse‹. Verstehen Sie jetzt, warum ich sage, ein paar Grünschnäbel?« Pause, entschlosseneres Schlürfen. »Mensch, Massimo, der Cappuccino hat mir im Urlaub wirklich gefehlt. Aber gut, heutzutage herrscht ja ständig Terroralarm, und wenn die Leute einen arabischen Schriftzug sehen, werden sie gleich paranoid. Und dann darf ich wegen vier bekloppten Jugendlichen meinen Urlaub abbrechen.«

»Warum reden Sie dauernd von Jugendlichen?«

»Weil die Graffiti auf vier verschiedenen Höhen an der Wand sind«, antwortete die Kommissarin. »Normalerweise beschreibt man eine Wand auf Höhe der eigenen Augen. Und hier haben wir Kritzeleien auf 1,86 und andere auf 1,60 Meter. Eine Gruppe von Personen, die zwischen eins neunzig und eins sechzig groß sind, hinterlässt hirnrissige Botschaften, abgeschrieben von der Speisekarte des syrischen Restaurants in Calambrone. Ich weiß nicht, wie's Ihnen geht, aber ich denke da an ein paar Schuljungen.«

Fünf plus Zugabe

Auch die BarLume hat, wie ja bereits zuvor erwähnt, einen Fernseher.

Das Gerät läuft pausenlos, die Senderwahl erfolgt dabei nach einem strengen, von Massimo vorgegebenen Zeitplan. Einige Varianten sind durch das Personal bedingt und haben durchweg ihre Gründe.

Am Freitagvormittag zum Beispiel wird die am Vorabend mitgeschnittene Kochsendung *Masterchef* angeschaut, weil a) Tavolone immer wieder etwas lernen kann und b): Wenn du unbedingt willst, streit dich gern selbst mit Tavolone herum, ich habe keine Lust, unverhofft an ein Geländer gekettet zu werden.

Zur Stunde des Aperitifs wiederum wechselt Tiziana auf einen Fernsehkanal mit Musikvideos, in denen unfassbare Proleten aus Südamerika ihren Frauen rhythmische Entschuldigungen einhämmern, weil sie ihnen ohne Ende Hörner aufgesetzt haben. Sie flehen um Vergebung, um tags darauf seelenruhig weitermachen zu können.

Am Samstag- und Sonntagabend hingegen sorgt Massimo per Satzung dafür, dass die Abendspiele gezeigt werden, ob nun das entscheidende Match in der Meisterschaft oder die Partie Carpi – Frosinone über den Äther läuft, er verschanzt sich hinter einem autoritären »Die Kunden wollen das so«. Nur zu dumm, wenn an einem Samstagabend zwei junge Frauen als einzige Gäste in der Bar sitzen und höflich fragen, ob man sich vielleicht das Festival von Sanremo ansehen könnte statt Juve – Napoli, worauf Massimo lakonisch antwortet: »Klar kann man das. Geht einfach heim und schaltet auf RaiUno.«

Der Augenblick größter kultureller Subtilität aber kommt gegen vier Uhr nachmittags, wenn die Alten, kaum dass Massimo einmal nicht aufpasst, mit krummen Händen nach der Fernbedienung greifen und ein x-beliebiges Programm suchen, das von Schwestermord handelt, von Vermisstenmeldungen, häuslicher Gewalt und Entführungen zu satanischen Zwecken.

Kurz: von Unglücksfällen. Da ist ihnen alles recht, Hauptsache, es passiert jemand anders.

»Sprechen wir nun von einem weiteren bedauerlichen Fall, dem von Sharon Pigliacelli, einer zweiundzwanzig Jahre alten Australierin, die mit einem Stipendium an der Fashion Design School in Brera studierte. Sie war im September nach Italien gezogen …«

Über den Bildschirm liefen die Bilder einer jungen Frau mit offenem Lächeln, während die Moderatorin weiter salbaderte.

»Sharons letzter Anruf bei ihren Verwandten datiert vom Abend des Vierundzwanzigsten, einem Samstag. Danach verliert sich ihre Spur.«

Über den Bildschirm lief ein Selfie der jungen Frau, offenbar aus einer dieser Pizzerias, die mit Fußballerfotos tapeziert sind, natürlich mit Autogrammen oder – in den nicht seltenen Fällen, in denen der Betreffende des Schreibens unkundig ist – Arm in Arm mit dem Inhaber der Pizzeria. Im Hintergrund des Selfies sah man Christian Vieri im schwarz-blauen Trikot und mit einem Schal mit der Aufschrift »Club Anti Juve«, dazu ein selten hässliches Foto von Diego Pablo Simeone und Ronaldo sowie einer weiteren Person in der Mitte, die sich nicht mehr identifizieren ließ, weil sich die junge Frau genau davorgestellt hatte. Am unteren Bildrand prangte die handschriftliche Bemerkung der jungen Australierin: »Between Inter FC legends Simeone and Ronaldo come ooon!«

»*… die letzte Nachricht der jungen Frau, dieses Selfie, das Zeugnis von ihrer Leidenschaft für Inter Mailand gibt, ein Erbe ihres nach Australien ausgewanderten Vaters Arturo, der neunzehnhundert …*«

Über den Bildschirm lief überhaupt nichts mehr. Massimo hatte sich die Fernbedienung geschnappt und mit einem befriedigten Grunzen den Fernseher ausgeschaltet.

»He, was soll das?«

»An unsere Gäste: Der Mehrheitseigner dieses Lokals hat jetzt offiziell die Schnauze voll, den lieben langen Tag über Tote vollgelabert zu werden.« Massimo nahm die Fernbedienung und ließ sie unterhalb der Registrierkasse in einer Schublade verschwinden, die er unverzüglich zusperrte. »Gewiss, ihr müsst euch an den Gedanken erst gewöhnen, aber versucht doch mal, die zwei, drei Wöchelchen, die euch noch bleiben, zu genießen, das würde euch bestimmt nicht schaden.«

»Du bist schon ein sauberer Mistkerl«, bemerkte Aldo. »Rimediotti, mit dem man sich nicht unterhalten kann, rückt die Zeitung nicht raus, und du verweigerst uns das Recht auf Information.«

»Zum x-ten Mal: Ihr habt keinen blassen Schimmer, was

Information ist. Das hier hat mit Information überhaupt nichts zu tun. Informationen sind etwas, das bezüglich eines Vorgangs die Ungewissheit reduziert.«

Rimediotti drehte den gequälten Hals, um die anderen anzusehen, und wandte sich dann wieder Massimo zu. Dass ich kein verdammtes Wort verstanden habe, ist dermaßen klar, sagte sein Blick, da brauche ich noch nicht mal auf die Taste zu drücken. Pilade übernahm es, Ginos Kehlkopf jede weitere Anstrengung zu ersparen.

»Gut, dann erklär mir doch mal, dass Information auch bloß Mathematik ist.«

»Na sicher. Um genau zu sein, ist Information in der Mathematik ein Potenzial. Die Information in einem System wird durch die Anzahl möglicher Botschaften bestimmt, die dieses System zu vermitteln vermag. Dadurch erhält Information ja ihren Wert. Je nachdem, aus welcher Quelle eine Botschaft stammt, vermittelt sie unterschiedliche Informationen, abhängig von den Möglichkeiten der jeweiligen Quelle.«

Massimo trat hinter dem Tresen hervor, wie immer gerne bereit, sich in einen Vortrag zu stürzen.

»Angenommen, du hörst einen Hafenarbeiter fluchen. Welche Information gibt dir das? Ist etwas Schwerwiegendes passiert oder nicht?«

»Was weiß denn ich? Kann sein, kann auch nicht sein. Hafenarbeiter fluchen die ganze Zeit.«

»Eben das meine ich. Jetzt stell dir vor, du hörst denselben Fluch im selben Tonfall aus dem Mund von Umberto Eco. Ist nun etwas Schwerwiegendes passiert?«

»Tja, in dem Fall ...«

»Ganz genau. Umberto Eco kannte vermutlich sämtliche

Ausdrücke, die man im Wörterbuch findet, und auch den einen oder anderen, der noch nicht darin verzeichnet ist. Wenn ein Mann wie er unter der unfassbaren Zahl von Möglichkeiten, die ihm zur Verfügung stehen, einen Fluch auswählt, dann hat das schon Gewicht. Die Botschaft mag dieselbe sein, aber sie vermittelt nicht dieselbe Information.«

Massimo zog aus einem Satz Karten eine Drei und zeigte sie Pilade, also dem Einzigen, der kein handfestes Beispiel benötigte. Dann nahm er aus einer Schublade einen Würfel und ließ ihn über den Tresen rollen.

Durch einen eher einzigartigen als seltenen Glücksfall würfelte er eine Drei.

»Siehst du das? Die Drei. Eine Drei aus einem Satz Karten, eine Drei als Würfelergebnis. Aber die Drei aus dem Kartenspiel hatte nicht dasselbe Potenzial wie die Drei auf einem Würfel. Die Wahrscheinlichkeit, aus einem italienischen Blatt eine Drei zu ziehen, liegt bei eins von zehn. Diejenige, eine Drei zu würfeln, beträgt eins von sechs.«

Massimo legte sicherheitshalber auch das Blatt Karten zurück in die Schublade, um die Alten nicht in Versuchung zu führen, sondern sie geradewegs an den Billardtisch zu treiben und damit in einen anderen Raum.

»Die Menge an Information, die aus einer Quelle hervorgeht, hängt von der Anzahl von Botschaften ab, die dieser zur Verfügung stehen. Je größer die Zahl möglicher Botschaften, desto größer die Informationsmenge.« Massimo deutete mit der Hand auf den Fernseher. »Wenn man so eine Quatschsendung einschaltet, hat man drei Botschaften zur Auswahl. A: Jemand ist verschwunden. B: Jemand ist tot. C: Jemandem wurden Hörner aufgesetzt. Die Menge an

Information, die man dem entnehmen kann, liegt, sobald man eine Folge gesehen hat, praktisch bei null.«

»Aber es sind doch verschiedene Personen.«

»Ja. Wenn man sie kennen würde. Wäre von jemandem aus Pineta die Rede, dann wüsste man mehr über ihn. Aber wenn es um jemanden geht, der nicht aus Pineta kommt, was schert dich dann, ob das arme Opfer Sharon heißt oder Genoveffa?«

Ampelio verzog das Gesicht wie einer, dem der Fischhändler ein Exemplar mit trüben Augen anbietet.

»Ich finde das ja nicht sehr überzeugend.«

»Tut mir wahnsinnig leid. Der Fernseher bleibt trotzdem aus.«

Pilade, der wie üblich verstanden hatte, was es zu verstehen gab, sei es auf mathematischer oder kognitiver und auf Verhaltensebene, hatte sich bereits erhoben und stolz, aber resigniert das Billardzimmer angesteuert.

»Sehr schön, Junge. Ist die Nachhilfestunde jetzt vorbei?«

»Ja. Jetzt könnt ihr gern die Zeit mit Billard totschlagen. Oder mit Fli-fla-flu. Oder mit irgendwas sonst, wofür man nicht den Fernseher einzuschalten braucht. Wenn ihr Lust auf Kino habt, dann könnt ihr Rimediotti bitten, euch Darth Vader vorzuspielen. Und jetzt rückt mir von der Pelle, und möge die Macht mit euch sein.«

»Achh-leckhh-michh-am-Arrrschhh ...«

»Massimo, hast du mal eine Minute?«

»Klar«, antwortete Massimo, ohne nachzudenken, und drehte sich zu Aldo um. »Das heißt, kommt drauf an. Was hast du da in der Hand?«

»Ein Buch, mein Lieber. Nein, das Buch der Bücher. Die Bibel.«

»Dachte ich doch, dass mir das Ding bekannt vorkommt. Ich glaube, das letzte Mal, dass du meine Nerven mit irgendwelchem Kulturkram traktiert hast, war vor drei Monaten. Dauert das lang?«

»Weißt du, lieber Massimo, die Bibel ist genau das, was wir heute brauchen.«

»Findest du?« Massimo warf einen Blick auf den Kamin. »So kalt ist es doch gar nicht.«

Massimo hatte im Grunde wenig Anlass, den Schlauberger zu spielen.

Er kannte Aldo schließlich gut, und dieser mochte viele Schwächen haben, aber er hätte einen niemals bei der Arbeit unterbrochen, nur um wie Otto Normalrentner über dieses und jenes zu quatschen. Aldo wusste, um es mit der Bibel zu sagen, dass alles seine Zeit hat, dummes Gerede und ernste Dinge – die Zeit, still zu sein, deckt sich in Aldos Bibel punktgenau mit der Zeit zu schlafen –, und dass man einen, der am Arbeiten ist, nur unterbrechen darf, wenn man ihm etwas Ernsthaftes mitzuteilen hat.

»Jetzt lass mal den Quatsch und hör zu. Exodus, Kapitel zwölf. Die Stelle handelt vom Pessachfest. *Denn ich will in derselben Nacht durch Ägyptenland gehen und alle Erstgeburt schlagen in Ägyptenland unter Mensch und Vieh und will Strafgericht halten über alle Götter der Ägypter. Ich bin der Herr.*«

Man muss sagen, dass Massimos Neugier an diesem Punkt wuchs. Denn häufig gelingt es zwar, tiefernste Dinge in einer Form zu sagen, die blödsinnig anmutet, aber es hat doch alles eine Grenze – abgesehen von einigen nicht divergenten Zahlenfolgen, die uns jedoch in diesem Moment nicht weiter beschäftigen sollen.

Und Massimo konnte sich kaum vorstellen, worin die ernsthafte Mitteilung eines Mannes bestehen sollte, der kurz vor Öffnung eines Restaurants laut aus dem Buch Exodus vorlas.

»Dann aber soll das Blut euer Zeichen sein an den Häusern, in denen ihr seid: Wo ich das Blut sehe, will ich an euch vorübergehen, und die Plage soll euch nicht widerfahren, die das Verderben bringt, wenn ich Ägyptenland schlage.«

Massimo nickte gravitätisch und segnete dann das Ganze mit einem Kreuzzeichen ab, das beim Namen des Sohnes zu einem ostentativen Griff ans Gemächt wurde.

»Bewegend. Es ist überaus tröstlich, dass Unser Herr zur Zeit des Neuen Testaments seine Medikation angepasst hat und seitdem etwas weniger rachsüchtig vorgeht. Willst du mir jetzt verraten, was zum Teufel das alles mit uns zu tun hat?«

»Ganz einfach, Massimo. Schau mal her!«

Aldo hob die Zeitung und hielt Massimo das Foto einer der Jugendstilvillen vor die Nase, die mit religiösem Unsinn und Gemüsecouscous verschmiert waren, das alles in striktem Rot.

»Deine Holde hat gesagt, es seien vier Villen, um bei dem Ausdruck zu bleiben, verunstaltet worden. Aber auf der Passeggiata del Saracino stehen fünf Villen. Warum wurde eine davon verschont?«

»Weil sie schwer zugänglich ist? Weil sie direkt über den Klippen steht? Weil die Bewohner einen Dobermann haben?«

»Nein, das kann ich dir versichern. Ich kenne diese

Straße, ich bin da Hunderte von Malen langspaziert.« Pause, eine lange Pause, wie Massimo sie inzwischen gut kannte – sie besagte, dass Aldo diese Spaziergänge mit seiner Frau gemacht hatte, als sie noch am Leben war. »Also gut, die Villa, die nichts abbekommen hat, ist leicht zugänglich, und nicht nur das: Sie steht genau zwischen den anderen beiden Häuserpaaren. Warum also diese nicht und die anderen schon?«

»Was weiß denn ich!«

»Ganz recht. Du weißt es nicht, aber ich sehr wohl. Ruf deine Freundin an, ich glaube, ihr habt euren Urlaub nicht umsonst abgebrochen.«

»Schön. Freut mich, dass wir unseren Urlaub nicht umsonst abgebrochen haben. Aber ich versteh's nicht.«

Alice, die mit übergeschlagenen Beinen auf dem Barhocker saß, hatte Aldo aufmerksam zugehört. Der Senat war so stumm geblieben wie ein Fisch im Backofen.

»Nun gut, Signorina, wie gesagt wurden nur vier von fünf Villen verunstaltet. Ich hätte von Ihnen gerne eine Bestätigung: Ich glaube zwar, anhand der Fotos in der Zeitung und meines Vorwissens die Zusammenhänge exakt rekonstruiert zu haben, aber man kann ja nie wissen. Mir ist wohl bekannt, wem die vier verunstalteten Villen gehören. Den Fotos und den Interviews nach handelt es sich um den Bauunternehmer Menotti, den plastischen Chirurgen Bagnolesi, den Holländer De Bruijn, Inhaber einer Werft in Livorno, und den Ingenieur Morgante.«

»Gut. Prüfung bestanden. Note 2+. Jetzt wüsste ich aber auch gerne, welcher Beschäftigung der Eigentümer des fünften Hauses nachgeht, dieser Rossi.«

»Das wissen Sie doch schon, Signorina. Er ist Rechtsanwalt.«

Alices Pupillen verengten sich, als hätte sie jemand mit einem Laserpointer angestrahlt.

»Rechtsanwalt? Heißt das – ist das etwa *der* Rechtsanwalt Rossi?«

»Genau. Derselbe Anwalt, der sich vor ein paar Tagen die Mühe gemacht hat, hierherzukommen und uns mitzuteilen, dass wir alten Damen keine Bonbons bringen und ihnen vor allem nicht allzu viele Fragen stellen sollen.« Aldo nahm wieder Platz und legte eine Hand auf die Bibel, die er auf dem Tischchen deponiert hatte. »Der Anwalt des Kerls, der die Leiche dieser Olga identifiziert hat. Könnte natürlich auch ein Zufall sein, nicht wahr?«

Aber wir wissen beide, dass es keiner ist.

Sechs, auch halb sieben

»Also, wer ist dieser Rechtsanwalt Alessandro Rossi?«

»Pah, hoffen wir erst mal, dass wir überhaupt den Richtigen haben.«

»An der Bemerkung ist was dran«, sagte die Kommissarin. »In Italien gibt es mindestens vierzig Anwälte des Namens Alessandro Rossi. Gehen wir also ins Detail: Alessandro Rossi, geboren in Pisa am 20. Juli 1958, inzwischen wohnhaft in Pineta, Passeggiata del Saracino Nummer 5.«

Die Kommissarin dirigierte, ein iPad auf den Knien. Vor ihr warteten stumm, aber zum Einsatz bereit wie jeder anständige Chorsänger, die Alten. An ihrer Seite Massimo in seiner Eigenschaft als erster Geiger, weisungsgebunden, aber mit der Lizenz zum Solo.

»Weitere Eckdaten: seit dreißig Jahren verheiratet mit Amelia Stella, Geburtsdatum 12. Februar 1958. Drei Kinder: Arabella, dreißig Jahre alt, ebenfalls Anwältin. Matteo, sechsundzwanzig Jahre alt. Universitätsabschluss in Volks- und Betriebswirtschaftslehre. Mirko, einundzwanzig Jahre alt. Studiert ebenfalls Ökonomie und BWL.«

»Rechtsanwalt Rossi ist Anwalt für Strafrecht und auf Personendelikte spezialisiert«, fuhr Alice fort, während sie mit dem Zeigefinger über den Bildschirm wischte. »Neben seiner anwaltlichen Tätigkeit ist er auch akademisch tätig, als ordentlicher Professor für Strafrechtliche Institutionen an der Universität Pisa. Unter anderem gilt er als einer der größten italienischen Experten für Stalking.«

»Aha«, sagte Ampelio mit der Miene eines Mannes, der verstanden hat, dass dieses Thema irgendwie mit einem anderen Thema zusammenhängt, aber wie genau, wüsste ich jetzt nicht.

»Ich habe mich mal bei den Kollegen ein bisschen umgehört«, sagte Alice und richtete ihren Blick auf den Chor. »Rechtsanwalt Rossi gilt als tüchtiger und akribischer Mann, ein überaus seriöser, hochgeschätzter Experte. So weit seine Kollegen.«

Wie man das halt so macht, nebenbei bemerkt. In einer Welt, in der so gut wie niemand schlecht von seinesgleichen spricht, halten sich auch Anwälte für gewöhnlich an die Gruppenräson. Ein leuchtendes Beispiel dafür bieten die Todesanzeigen ihres Berufsstands, Elaborate von maßloser Länge, in denen die Kollegen mit einem großen Rundumschlag die Tugenden des Verstorbenen preisen: angesehener, zutiefst integrer Vertreter seiner Zunft, treu sorgender Ehemann, teurer, nicht zu ersetzender Freund, liebevoller Vater, ein Tennisspieler mit einer Furcht einflößenden Rückhand, von den zahlreichen weiteren Hobbys ganz zu schweigen, denen er sich in seiner Freizeit widmete, sofern seine umfangreichen ehrenamtlichen und wohltätigen Pflichten ihm noch Zeit dazu ließen. Liest man ein solches Manifest, so könnte man zu der Überzeugung gelangen, dass Winkeladvokaten unsterblich sind; bekommt man es mit einem Anwalt im Rahmen seiner Berufsausübung zu tun, so wird diese Hypothese häufig bestätigt.

»So weit die Eckdaten. Jetzt kommen wir zu den weichen Faktoren. Wer ist Rechtsanwalt Alessandro Rossi?«

Alice drehte den Kopf unwillkürlich in Aldos Richtung.

»Soweit man sehen kann, ein Mann ohne Fehl und Tadel«, antwortete Aldo im Ton der Anerkennung und nicht der PR.

»Jawoll, scheint zu stimmen«, räumte Ampelio ein, wenn auch nicht allzu gerne. »Ich habe drei Leute gefragt, und nicht einer hatte was Schlechtes über ihn zu sagen.«

»Im Gegenteil«, unterstrich Pilade. »Der klassische Ehrenmann. Seriös, professionell und auch recht menschlich. Du weißt schon, Massimo, es gibt Leute, bei denen man einfach keine Schwächen findet, nicht wahr? Die stehen in jeder Situation gut da.«

»Klar doch«, sagte Massimo mit raumgreifendem Nicken. »Aber normalerweise haben sie eine Ziffer mit zwei Nullen davor. Im Kino sind mir schon welche begegnet, im wirklichen Leben warte ich noch darauf, einen zu Gesicht zu bekommen.«

»Ja, auch bei Rechtsanwalt Rossi wird man wohl irgendeine Schwachstelle feststellen.«

»Keine Frage«, sagte Pilade wie einer, der genau weiß, wovon er redet. »Aber wenn er eine hat, dann versteckt er sie gut. Das ist so ein moralisch Aufrechter, ich weiß nicht, ob ich mich verständlich mache. Nur so als Beispiel: Als die Tochter ebenfalls Jura studieren wollte, soll er ihr grünes Licht gegeben haben, aber da er ja Professor in Pisa ist, hat er anscheinend gesagt, sich an seiner Fakultät einzuschreiben, das könne sie vergessen. Falls dir wirklich daran liegt, Jura zu studieren, soll er gesagt haben, geh woandershin. Und da hat sie sich eben in Mailand eingeschrieben.«

»Wo er übrigens auch die zwei Söhne hingeschickt hat«, meldete sich Aldo pflichtgetreu zu Wort. »Aber die haben Wirtschaft studiert. Beide an der Bocconi. Einer hat sein Studium bereits abgeschlossen, der andere ist noch dabei.«

»Gut. Wir haben es also mit einem heiligen Alexander von Pineta zu tun. Irgendwelche Laster? Ich meine, betrügt er seine Gattin? Wettet er bei Hunderennen? Verkleidet er sich an Samstagabenden als Bajadere und lässt im *Frau Marlene* die Puppen tanzen?«

»Ich weiß nur, dass er jeden Sonntag in Pisa ins Stadion geht«, sagte Aldo. »Hat Plätze auf der Ehrentribüne. Für sich und die Söhne.«

»Herrje, das ist ja erschütternd.« Massimo hob eine Augenbraue. »Am Ende trinken sie auch noch Alkohol.«

Aldo gestattete sich ein leises Geräusch – einen Laut, der als Lachen gedacht war, aber eher vage an ein Aufstoßen erinnerte.

»Er mit den Söhnen? Ja, ganz bestimmt. Das hast du selbst schon mal erlebt.«

»Ich?« Diesmal hob Massimo beide Augenbrauen. »Doch nicht etwa hier?«

»Fast«, sagte Aldo. »Komm schon, du weißt auch, wer Rechtsanwalt Rossi ist.«

»Sein Gesicht kenne ich vielleicht, aber der Name Rechtsanwalt Rossi sagt mir gar nichts.«

»Du hast recht«, gab Aldo zu. »Du kennst ihn nämlich als den Sultan des Brunello.«

»Ich kann's nicht glauben.« Massimo lächelte und schüttelte leicht den Kopf. »Der Sultan des Brunello. Sieh einer an, es ist wirklich wahr, die eine Hälfte der Welt weiß nichts von den anderen drei Vierteln.«

»Entschuldigung, tut mir leid, wenn ich euch unterbreche«, sagte Alice mit dem nicht ganz neuen Gefühl, als Frau aus einem Männergespräch ausgeschlossen zu werden. »Wer soll das sein, dieser Sultan des Brunello?«

»Ach, Signorina, das war eine der schönsten Szenen, die wir im Restaurant jemals erlebt haben.« Aldo richtete sich auf, ganz der erfahrene Schauspieler, der sich für seinen Auftritt parat macht. »Ein Tag Ende Oktober, kurz vor Feierabend. Mittwoch, da läuft das Geschäft normalerweise jämmerlich, wir hatten fünf oder sechs Tische besetzt – etwa zwanzig Gäste. Eine Familie, Vater, Mutter und zwei Söhne um die zwanzig, eben die von Rechtsanwalt Rossi, dazu zwei oder drei Pärchen zwischen stabil und eingefahren und zwei Turteltäubchen bei der entscheidenden Verabredung oder kurz davor.«

Aldo hielt kurz inne. Dass Gevögelte in spe aus Pineta und Umgebung zum öffentlichen Vorspiel in sein Restaurant kamen, erfüllte ihn mit gelassenem Stolz.

»Eines der Pärchen«, fuhr Aldo fort, nachdem er in die Gegenwart zurückgekehrt war, »fiel ziemlich ins Auge. Er hatte ein mit Gel an den Schädel geklatschtes Toupet, wässerige Augen, einen etwas krummen Rücken. Sie eine Hakennase, eine schmale Brille und einen sauertöpfischen Ausdruck im Gesicht, also wenn die im Leben einmal gelächelt hat, dann beim Untergang der *Costa Concordia*. Bosheit und Dummheit von einem Reinheitsgrad, wie ich es selten gesehen habe.«

»Wo waren die denn her? Hochpadanien? Ciociaria?«, fragte Alice, die allmählich wusste, welche geografischen Regionen Aldo auf dem Kieker hatte.

»Ach was. Reinblütige Pisaner.« Aldo schob diesen Umstand, der sicherlich ein Zufall war, mit einer Handbewegung beiseite. »Und dieser Raubvogel von Frau tat alles, um mir auf die Nerven zu gehen. Erst hat sie an den Preisen herumgemäkelt. Dann hat sie gesagt, der Wildschweinbraten sei wohl tiefgefroren, und mich zwei- oder dreimal wissen lassen, sie würde keinen Knoblauch vertragen, so, wie sie aussah, konnte ich das leicht glauben. Als sie endlich bestellt hatte, kam sie nach zehn Minuten damit an, ob sie die Bestellung noch ändern könnte, nur um sich anschließend zu beschweren, weil die Leute am Nachbartisch ihr Essen früher bekommen hätten, deren Bestellung doch später aufgenommen wurde. Das alles im Ton einer Prinzessin im Umgang mit dem Schweinehirten. Man hätte ihr am liebsten den Tisch umgekippt.«

Aldo beugte sich zu der Kommissarin, als wäre er im Begriff, ihr ein Geheimnis anzuvertrauen.

»Irgendwann winkt Rechtsanwalt Rossi mich zu sich und sagt leise: ›Hören Sie, Aldo, ich habe heute Geburtstag und würde Ihren Gästen gerne einen ausgeben.‹ Er deutet auf die Flasche, die er und seine Familie gerade trinken, einen Brunello Mastrojanni Schiena d' Asino, und fragt: ›Haben Sie davon noch ein paar übrig?‹ – ›Noch vier Stück‹, sage ich. Wir sprechen hier von einem Brunello, der den Namen verdient, Signorina, das ist alles andere als Massenware. Im Restaurant nehme ich dafür hundertdreißig Euro und auch nur, weil ich ein anständiger Mensch bin.«

Massimo schüttelte den Kopf, als wollte er sagen, anständig und bescheuert seien manchmal Synonyme.

»›Wunderbar‹, sagt Rossi und senkt noch ein wenig die Stimme. ›Dann bringen Sie bitte eine an jeden Tisch, mit meiner Empfehlung. Außer an den dieser Schreckschraube da drüben. Vielleicht legt sie sich dann ein paar Manieren zu.‹«

Aldo breitete die Arme aus, wie um klarzustellen, dass er für den weiteren Verlauf nichts konnte.

»Wir bringen also eine Flasche nach der anderen und entkorken sie am Tisch. Übrigens wurde überall Wildbret gegessen, das passte natürlich perfekt. Und an jedem Tisch drehten sich die Gäste, wenn ich den edlen Spender nannte, zu Rechtsanwalt Rossi um, und der hob wortlos und mit einem breiten Lächeln sein Glas. Einer nach dem anderen prostete ihm zu.«

Aldo sah Massimo an, der Alice ansah. Ist alles wahr, bestätigten Massimos Augen.

»Sie hätten das Gesicht der Schreckschraube sehen sollen, als sie allmählich merkte, dass ihre Flasche nicht kommen wollte. Irgendwann rief sie mich dann her.« Aldo presste die Lippen zusammen, bis sie fast nicht mehr zu sehen waren, ein einziger starrer Schlitz. »›Entschuldigen Sie, bekommen wir denn nichts aufs Haus?‹ Da musste ich ihr erklären, dass die Einladung von einem Gast stammte, und ich könne meine Gäste selbstverständlich zu nichts zwingen.«

»Ich kann's nicht glauben ...«, sagte Alice nach einem Moment der Stille.

»Kennen Sie dieses Gefühl, Signorina, wenn der Gerechtigkeit Genüge getan wird? Diese wundervolle innere Befriedigung, wenn jemand so richtig sein Fett abbekommt?« Aldo atmete theatralisch ein und dann mit glaubhafter Befriedigung aus. »So ging es mir an jenem Abend. Und seitdem ist Alessandro Rossi für mich der Sultan des Brunello.«

»Okay«, sagte Alice nachdenklich. »Das heißt, außer einem bisschen Größenwahn hat der Mann wirklich keine Schwächen?«

»Er nicht«, gab Pilade mit verschlagenem Gesichtsausdruck zurück. »Aber der Sohn Mirko, sein Jüngster, der hat wohl ein paar kleine Macken.«

»Kleine Macken?«

»Von mir aus auch große. Die Leute nennen ihn Pogba.«

»Wie den Spieler von Juve?«

»Verzeihung, Alice«, mischte sich Massimo ein. »Ja, wir sind hier in der Bar, aber auch Vulgarität kennt eine Grenze. Bestimmte Wörter würde ich lieber nicht von dir hören.«

»Um Himmels willen, ich bitte um Nachsicht. Meinst du etwa Pogba?«

»Ganz genau. Der macht das Ding rein, egal, was passiert.«

»Verstehe. Und wo finde ich diesen Mirko Rossi?«

»Och, der wird in Mailand sein. Angeblich studiert er dort.«

»Wir haben jetzt zwei Möglichkeiten.« Alice ließ den Blick in die Runde schweifen, weit mehr Fuchs als Reh. »Möglichkeit Nummer eins, das ist alles ein Riesenzufall. Möchte jemand diese Hypothese vertreten?«

Die vier sahen einander in ihre Lesebrillen. Dann sprach Pilade fast schon ein wenig angewidert darüber, dass ihm eine derart kolossale Naivität unterstellt wurde:

»Wie Massimo sagen würde – wir sind nicht von gestern.«

»Gut. Da sind wir uns einig. Wie wär's dann mit einem kleinen Brainstorming?«

Panik.

»Bitte, Alice, wenn du Englisch redest, kann dir das Harnröhrenquartett nicht folgen«, schaltete sich Massimo ein. »Wobei die genaue Übersetzung dieses Begriffs kein Pappenstiel ist. Also gut, habt ihr Lust, ein Weilchen über anderer Leute Angelegenheiten zu tratschen?«

Herr im Himmel, auf nichts anderes warten wir doch. Schießen Sie los, Fräulein Kommissarin!

»Na schön. Wieso wurde das Augenmerk auf Rechtsanwalt Rossis Villa gelenkt?«

»Weil Rechtsanwalt Rossi nicht unschuldig ist«, sagte Aldo. »Blut auf dem Türrahmen – daher das Rot – besagte, dass diejenigen, die in dem Haus wohnten, verschont werden sollten. Umgekehrt sollte derjenige, dessen Haustür nicht rot angemalt war, auch nicht verschont werden.«

»Nehmen wir einmal an, dass der Täter keine biblischen Beweggründe hatte. Warum hätte er das Haus von Rechtsanwalt Rossi als einziges nicht anmalen sollen?«

»Wenn Rossi etwas zu verbergen hat, hätte er keine Anzeige erstattet«, antwortete Pilade, ohne den Telefonjoker zu ziehen.

»Na gut. Alle einverstanden?«

Die vier nickten wie ein Greis.

»Ich frage mich weiter: Warum diese seltsame Methode, um auf etwas hinzuweisen? Dafür finde ich nur eine Erklärung: dass auch die unbekannten Street-Art-Künstler sich nicht direkt an die Polizei wenden konnten. Warum wendet sich jemand, der ein Verbrechen anzeigen will, nicht an die Polizei?«

»Weil er Angst vor demjenigen hat, den er anzeigen möchte«, mutmaßte Ampelio.

»Oder weil er selbst ein Krimineller ist«, bemerkte Aldo.

Die anderen drei drehten sich langsam zu Aldo um.

»Meinshh-du-sshwar-effrgenihh?«

Eine der wunderbaren Fähigkeiten des Menschen besteht darin, Informationen korrekt zu interpretieren, indem er sie in einen gegebenen Kontext einordnet. Die Chance eines unbeteiligten Zuhörers, zu verstehen, dass Rimediotti gerade den Vornamen »Evgenij« ausgesprochen hatte, hätte nahezu null betragen. Aber da sich die Diskussion um den Tod der armen Olga drehte, assoziierten alle fünf Anwesenden auf der Stelle den Namen ihres Ex-Manns mit den wirren Raspellauten, die sich dem abgenutzten Kehlkopf des Rentners entrungen hatten.

»Das wäre auch eine Möglichkeit, sicher. Aber mir kommt das unwahrscheinlich vor.«

»Entschuldigen Sie, Signorina Alice, um außerhalb des Gesetzes zu stehen, braucht man keine alte Dame abzumurksen. Da reicht es schon, ohne eine Aufenthaltserlaubnis italienisches Staatsgebiet zu betreten.« Aldo breitete die Handflächen aus. »Wie dem auch sei, mir scheint, was wir hier sagen, läuft so oder so auf dasselbe hinaus.«

»Ja, das sehe ich auch so. Entweder handelt es sich um Personen, die Angst haben, einen Anwalt anzuzeigen, der sich mit Einwanderungsrecht auskennt, oder um solche, die direkten Kontakt mit der italienischen Justiz aus irgendeinem Grund vermeiden wollen.«

Pilade sah seinen Genossen links von sich an.

»Kennst du einen, der eine ukrainische Pflegerin hat, Ampelio?«

»Einen nicht.« Ampelio kicherte. »Aber viele.«

»Gut. Das wäre doch schon mal ein Ansatzpunkt ... Ja?«

Massimo, der den Finger gehoben hatte, um sich zu Wort zu melden, senkte ihn wieder und zeigte damit auf seinen Großvater.

»Ist das dein Ernst? Willst du die vier hier losschicken, um Pflegerinnen auszufragen? Die sind doch neulich schon fast im Gefängnis gelandet, weil sie Marinos Mutter zu Tode zuckern wollten.«

»Och, wir würden ja nicht alle zusammen losziehen«, sagte Ampelio.

»Einzeln oder alle zusammen, das macht keinen Unterschied. Nimm's mir nicht übel, aber euch loszuschicken, damit ihr eine Person befragt, das ist, als würde ein Handtaschendieb seine potenziellen Opfer als Erstes vors Schienbein treten. Wenn die Frauen wirklich Angst haben, dann laufen sie doch weg, sobald man ihnen auf die Pelle rückt. Das ist das eine.«

»Och, wir würden ja nicht mit den Pflegerinnen reden. Wir würden uns mit den Pflegebedürftigen unterhalten.«

»Genau darauf wollte ich hinaus. Ihr würdet Informationen aus zweiter Hand erhalten. Je größer die Zahl von Gesprächsteilnehmern, desto größer die Wahrscheinlichkeit, dass die Botschaft verfälscht wird und am Ende gar unverständlich ist. Besonders wenn einer der Beteiligten verblödet ist. In Anbetracht der Tatsache, dass einer von euch mit jemandem reden soll, der eine Pflegerin benötigt, halte ich diese Möglichkeit für nicht ganz aus der Luft gegriffen.«

»Probleme aufzählen, das kann jeder«, brummte Ampelio. »Als ich so alt war wie du, hab ich auch mal 'ne Lösung gefunden.«

»Ach, wenn es weiter nichts ist, die Lösung hätte ich

schon. Weilt dein Freund Mastrapasqua noch unter den Lebenden?«

Stille.

Jene kurze, vibrierende Stille voller Erwartung, die ankündigt, dass gleich ein kräftiger Schlag auf den Tisch folgen wird, dazu ein paar saftige Ausdrücke zur Bekundung fröhlicher Zustimmung. Denn wie immer in der gesprochenen Sprache macht der Ton die Musik. Und hierzulande kann ein Fluch auch bedeuten, dass etwas zwar unerwartet kommt, aber durchaus für Freude sorgt.

Ja, unser Freund Mastrapasqua, der ist noch am Leben.

Acht

Die Genauigkeit einer Botschaft nimmt in dem Maß ab, in dem die Anzahl von Mittelsleuten steigt, die Sender und Empfänger trennen.

Dieses Prinzip ist in der Mathematik unter dem überaus ernsthaften und wissenschaftlichen Namen *Data Processing Inequality* bekannt – stets englisch auszusprechen, sofern man nicht riskieren will, verstanden zu werden –, im Alltagsleben allerdings unter der weit besser verständlichen Bezeichnung Flüsterpost.

Wenn ein Sender – im Alltagsgebrauch »Klatschmaul« – einem Empfänger – im Alltagsgebrauch »Freund des Klatschmauls« – eine Botschaft übermittelt, so nimmt der Informationsgehalt seiner Mitteilung unweigerlich ab, falls diese einem oder mehreren Mittelsleuten anvertraut wird – dem Fischhändler, dem Metzger, meiner Schwiegermutter et cetera. Denn diese verzerren unweigerlich die Botschaft, sodass sich darin immer mehr Missverständliches anhäuft.

Zuverlässigkeit und Verständlichkeit der Mitteilung sinken also mit steigender Anzahl von Mittelsleuten, jedenfalls unter der Voraussetzung, dass sich die Kommunikation zwischen Sender und Empfänger auf beiden gemeinsame Grundelemente stützt, oder um es verständlich zu formulieren: darauf, dass sie dieselbe Sprache sprechen.

Sollten wir nämlich sämtliche Informationen, deren wir

zur Lösung eines Problems bedürfen, auf einem Blatt vorfinden, diese Informationen wären jedoch auf Ukrainisch geschrieben, so könnten wir noch nicht einmal erahnen, wovon die Rede ist. Wir würden den Inhalt nicht nur nicht begreifen, sondern sogar Gefahr laufen, den Zettel einfach wegzuwerfen.

In diesem Fall wäre ein Mittelsmann sehr willkommen: jemand, der sowohl Ukrainisch als auch unsere Sprache beherrscht und als Dolmetscher agieren kann.

Und eben dazu brauchte man den Genossen Mastrapasqua.

»Der Genosse Mastrapasqua?«

Tiziana saß mit übereinandergeschlagenen Beinen am Tresen und glich in jeglicher Hinsicht einem gewöhnlichen Gast. Massimo hatte sich freilich auch glasklar ausgedrückt: Wenn ich da bin, dann machst du hier am besten gar nichts. Und Tiziana hatte das dem Anschein nach goutiert.

»Genau. Armando Maria Mastrapasqua. Seit seinem achtzehnten Geburtstag eingetragenes Mitglied im Partito Comunista Italiano, später bei der Rifondazione Comunista und schließlich im Partito Comunista d'Italia.«

»Mit anderen Worten ein Träumer.«

Ein derartiges Urteil hätte die Tiziana, die Massimo von früher kannte, niemals von sich gegeben. So eindeutig, so ohne Raum für Zweifel. Und auch, geben wir's ruhig zu, so nachvollziehbar.

»Sagen wir, ein ziemlich Überzeugter«, beschönigte Massimo, der doch völlig einverstanden war. »Das ist er bis heute, und wie muss er dann erst in den Sechziger- und Siebzigerjahren gewesen sein, als alle darauf hofften, dass bald die Sonne der Zukunft aufgehen würde. Stattdessen kam der Sonnenuntergang, ohne dass jemals Mittag gewesen wäre.«

Massimo nahm eine von der Kommissarin persönlich gerollte Zigarette, die er sich eigens für den Abend aufbewahrt hatte; das klassische Beispiel für eine liebevolle Geste, die langfristig nicht allzu positive Folgen zu haben drohte.

»Damals standen sich Italien und Russland in mehrfacher Hinsicht nahe. Und Politik und Geschäfte gehen bekanntlich oft Hand in Hand. Eine der Meisterleistungen Enrico Matteis bestand darin, die Nutzung der sowjetischen Methanvorkommen in die Wege zu leiten. Das alles begann in den Fünfzigerjahren, als Chruschtschow …«

Hier hätte Massimo wirklich liebend gerne erklärt, wie der Vertrag trotz Matteis Tod abgeschlossen worden war, eben weil die UdSSR die Pipeline ausschließlich mit der ENI bauen wollte: dem italienischen Unternehmen, das damals über das weltweit beste Rundumsystem zur Verarbeitung von fossilen Energieträgern verfügte. Ungefähr so, als hätte Google seinen Sitz heute in Mantua statt in Mountain View.

Das war eine der Geschichten, die seine Mutter ihm erzählt hatte, in den seltenen häuslichen Pausen zwischen einem Job und dem nächsten. Massimo war als Kind davon überaus fasziniert gewesen und hatte überall stolz herumerzählt, seine Mama würde Deiche bauen und Energie erzeugen.

Unglücklicherweise haben die jungen Leute es heutzutage oft eilig, und die Geschichte des Landes ismirdochwurscht.

»Entschuldige, Massimo«, unterbrach ihn Tiziana höflich, aber bestimmt. »Sei mir nicht böse, aber ich muss in fünf Minuten rüber ins Restaurant. Aldo kannst du ja schön kritisieren, aber bei dir ist es genauso, wenn du mal loslegst, kommt man nicht mehr weg.«

Massimo nahm das nicht besonders freundlich auf.

Teils, weil ihm allmählich auf die Nerven ging, dass ihn alle wie einen alten Knacker behandelten.

Teils, weil Tizianas Abgang unabänderlich mit dem Eintreffen von Marchino verbunden war, dem König der Shaker, der ihm als Ex-Mann Tizianas selbst dann auf den Sack gegangen wäre, wenn er ihn sympathisch gefunden hätte. Bei einem Typen, der ein Diplom als Barmann für genauso wertvoll hielt wie einen Doktortitel in Teilchenphysik, war das natürlich erst recht der Fall.

Aber der Frühling und die Abwesenheit der Alten wirken sich wunderbar auf die Stimmung aus. Besonders auf die eines soziopathischen Barbesitzers.

»Das schreibe ich mir hinter den Gehstock. Jedenfalls schickte die ENI, als die Verhandlungen mit der UdSSR über eine Erdgas-Pipeline abgeschlossen waren, einen ausgewählten Kreis von Personen nach Russland, die dort an der Umsetzung mitwirken sollten. Und unter den Facharbeitern der damaligen Zeit gab es nicht wenige überzeugte Kommunisten.«

»Einer davon war dann wohl der Genosse Mastrapasqua.«

»Ganz recht. Und er hat an allen Orten gelebt, an denen die Pipeline vorbeiführt, zwischen Kiew und Dnipropetrowsk. Zehn Jahre auf Achse zwischen Italien und der Ukraine, und zwar wenig in Italien und viel in der Ukraine. Ergebnis auf nationaler Ebene: der Bau der großen Gaspipeline, die bis auf den heutigen Tag vierzig Prozent des italienischen Energiebedarfs deckt. Ergebnis im Kleinen: Der Genosse Mastrapasqua spricht fließend Ukrainisch.«

Massimo drückte die Zigarette im Aschenbecher aus und half der Bar damit vollends in die Legalität zurück. Jetzt muss ein Espresso her.

»Also fand ich den Gedanken naheliegend, dass unsere Jungspunde den Genossen Mastrapasqua bitten könnten, sie in den Mugnaioni-Park zu begleiten, wo sich die Ukrainerinnen vor dem Abendessen gern treffen.« Massimo betätigte den Einschaltknopf der Espressomühle und sah wie immer aufmerksam zu, wie sich der Filtereinsatz füllte. Genießerisch sog er den warmen Duft von frisch gemahlenem Espresso ein. »Auf diese Weise schlagen wir, wie du sehen kannst, mehrere Fliegen mit einer Klappe. Nummer eins: Die Wahrscheinlichkeit, für die Ermittlungen nützliche Informationen zu erhalten, steigt in beträchtlichem Umfang. Nummer zwei: Ich schaffe mir meinen Großvater vom Hals und senke den Altersdurchschnitt in der Bar um ein halbes Jahrhundert, und das just zur Stunde des Aperitifs.«

»Ich weiß ja nicht, Massimo. Bringst du den Mann damit nicht in Gefahr? Wir lachen hier und reißen unsere Witze, aber die Frau ist wirklich umgebracht worden. Wenn man das auf die leichte Schulter nimmt ...«

»Es wäre ja schön, wenn ich den Alten klarmachen könnte, wo sie hingehen sollen. Aber sie sind schon groß und verrentet und treffen ihre Entscheidungen allein.« Massimo stellte die Tasse unter die Maschine und drückte die Ausgabetaste. »Außerdem kenne ich den Genossen Mastrapasqua recht gut. Das ist ein ganzer Kerl, einer von denen, die tatsächlich an die Sonne der Zukunft geglaubt haben. So einer tut bestimmte Dinge aus reinem Pflichtbewusstsein. Weil er das der Gemeinschaft schuldig ist.«

»Und da gibt's nur scharfe Bräute, seid ihr sicher?«

»Allmächtiger, Armando, machst du Witze?« Ampelio hob den Stock und reckte ihn in seiner ganzen Länge empor. »Da gibt's welche, wenn die ihre langen Beine übereinanderschlagen, dann brauchen sie einen Waffenschein. Du hast doch schon die eine oder andere Ukrainerin gesehen, Mensch.«

»Tja, das waren noch Zeiten. Das kannst du dir nicht vorstellen, als Italiener in der Ukraine, Ende der Siebzigerjahre«, sagte der Genosse Mastrapasqua mit dem bedauernden Unterton eines Mannes, der jetzt die Ukrainerinnen in Italien sehen muss und selbst seit Kurzem siebzig ist.

»Ich weiß noch, wie du wieder da warst, da hast du erzählt, es wäre einfach keine Hässliche dabei«, sagte Pilade mit der beiläufigen Boshaftigkeit dessen, der sich erinnert, zur damaligen Zeit auch einigen Blödsinn darüber gehört zu haben, wie toll das Leben in der Sowjetunion doch sei.

»Alles lange her«, schloss der Genosse Mastrapasqua. »Heutzutage gibt's auch hässliche Ukrainerinnen.«

»Stimmt«, bestätigte Aldo. »Dafür kann ich mich persönlich verbürgen. Aber du hast gesagt, du würdest von denen, die hier sind, keine kennen.«

»Ja, warum sollte ich? Glaubst du, ich brauche eine Pflegerin? Ich bin siebzig und nicht hundert. Ich kann noch immer allein aufs Klo.«

»Nein, nein, so hab ich das nicht gemeint. Ich wollte nur sicher sein, dass keine von den Frauen dich kennt.«

»Nein, keine Sorge. Ich habe seit zwanzig Jahren kein Ukrainisch mehr geredet.«

»Weißt du überhaupt noch, wie das geht?«

Der Genosse Mastrapasqua antwortete nicht sofort.

Auch weil an dem Grüppchen die Mutter aller Göttinnen vorbeispaziert war.

Staatsangehörigkeit: osteuropäisch.

Größe: ein Meter und achtzig.

Alter: unbestimmbar. Dem Hals nach circa fünfzig; den Beinen nach fünfundzwanzig mal zwei. Der Genosse Mastrapasqua sah die Frau defilieren, wie der Triangelspieler in einem Orchester den Dirigenten vorbeistolzieren sieht.

»Manche Dinge, mein lieber Ampelio, vergisst man einfach nicht«, antwortete der Genosse Mastrapasqua mit einem Seufzen.

»Jetzt gönn mal den Augen Ruhe und schalt deine Ohren ein«, sagte Pilade in nüchternem Ton. »Hier geht es darum, einen Mörder zu fassen, und nicht, sich einen Herzkasper einzufangen.«

»Übrigens, Tiziana …«

»Ja?«

»Bevor der König des Apéro eintrifft, müsste ich mal fünf Minuten über was Ernstes mit dir reden.«

»Ja, in Ordnung. Stimmt irgendetwas nicht?«

»Nein, nein. Ganz im Gegenteil.«

Neun

»Noch zwei Minuten, dann ist es so weit.«

»Danke, Massimo! Ich habe einen Bärenhunger.« Alice griff sich ein Stück Parmesan vom Schneidbrett (nimm den vierzig Monate alten, ich esse nicht viel Käse, aber wenn schon, dann soll er wenigstens was taugen, danke, Massimo) und verschlang es mit Genugtuung. »Was meinst du, während wir essen – mampf, sorry –, könnten wir ein bisschen reden, oder? Ich fasse mal die Situation zusammen.«

»Ja, gerne.« Massimo legte die Schöpfkelle weg und begann, den Parmesan direkt auf den Risotto zu reiben. »Ich höre ja erst vierundzwanzig Stunden lang von der armen Olga sprechen, und beim Abendessen musste ich Tiziana im Saal unterstützen, weil Aldo nicht da war. Ich habe übrigens auch nichts gegessen.«

»Armer Schatz. Hat kein Abendessen bekommen. Das ist ja mindestens eine Sieben auf der Schiavone-Skala.«

Die Schiavone-Skala war ein empirischer Maßstab für Ärgernisse, den sich ein Kollege Alices ausgedacht hatte, von dem die Kommissarin manchmal sprach. Massimo hatte ihren gelegentlichen Äußerungen über diesen Typen nur eines entnommen, nämlich dass man sich besser von ihm fernhielt, denn a) hatte er Charme und b) brachte er mehr Unglück als die Alten. Sich in seine Gesellschaft zu begeben, war ungefähr so, als würde man einen Auffahrunfall mit Totò Riina verursachen.

»Wenn's reicht.«

»Siehst du, wir Frauen sind da ein bisschen flexibler«, sagte Alice, während sie sich ein Parmesanstück abschnitt, das dreimal so groß war wie das bereits recht ansehnliche davor. »Eine Mahlzeit auslassen, ist keine Tragödie. Wenn man einen guten Grund hat, kann man das schon mal machen.«

»Verstehe. Mir ist ja schon immer suspekt, in welchem Maße Frauen dazu berufen scheinen, Opfer zu bringen.« Massimo schöpfte gekonnt eine gehörige Portion Risotto auf einen Teller und gab ihn sodann Alice in die Hand. »Voilà, Risotto mit Kichererbsen und Borretsch in Frittiergeruch.«

Das Risotto ist von mir, der Frittiergeruch kommt aus dem Obergeschoss, wo das Gorgonendings, dieses menschliche Wrack, offensichtlich beschlossen hatte, endlich etwas für die Rettung des Planeten zu tun. Als erste Maßnahme wurde anscheinend das Öl in der Fritteuse nicht mehr gewechselt, sodass Massimo seit etwa einer Woche in einer mediterranen Version des Londoner Smogs lebte, einer von verbrauchtem Öl und diversen krebserregenden Partikeln geschwängerten Atmosphäre, die dem Moment der Heimkehr eine recht intensive Bedeutung verlieh.

»Tatsächlich. Da wird man etwas unternehmen müssen«, sagte Alice und unterstrich ihren Tatendrang, indem sie sich die erste Gabel Risotto in den Mund schob, während Massimo noch seinen Teller füllte. »Ja, du machst Witze über Opferbereitschaft, aber wenn man sich's überlegt, dann hast du eigentlich mehr als recht. Ich habe mir heute die Akte von Evgenij Bondarenko angesehen. Ein Dreckschwein, wie man es selten findet. Die arme Frau. Mit so einem Mann und dazu auch noch den Freundinnen … Aber wart nur, bis ich die in die Finger bekomme. Jetzt sind erst mal die Damen wegen Verbergen des Leichnams dran. Und dann schauen wir, was mit dem Mord passiert.«

»Heißt das, du glaubst, die Ukrainerinnen alle zusammen haben nicht nur Olga umgebracht, sondern auch noch versucht, ihre Leiche zu verstecken?«

Mhm, antwortete Alice, während sie weiterkaute. Die Gewohnheit macht es möglich, das schlimme Schicksal von Migranten in den Fernsehnachrichten zu ertragen, was ist da schon eine Leiche am Strand von Pineta?

»Würdest du mir vielleicht auch freundlicherweise verraten, warum?«

»Um sich ihren Schatz anzueignen. Ihre Aufenthaltserlaubnis.«

Wenn Massimo etwas nicht weiß, dann schweigt er.

Massimo also schwieg.

»Hast du eine Ahnung, wie schwer es zurzeit ist, in Italien eine Aufenthaltserlaubnis zu erhalten?« Alice zeigte mit der Gabel bedrohlich auf Massimo. »Um eine Aufenthaltserlaubnis zu bekommen, muss man eine Arbeit haben, aber ohne die Erlaubnis bekommt man keine Arbeit. Mehr noch, selbst eine Arbeitsstelle ist derzeit keine Garantie dafür, dass es mit der Aufenthaltserlaubnis klappt, im Gegenteil. Ein komplexes System von Quoten, das sogenannte Zuwanderungsdekret, bestimmt, wie viele Nicht-EU-Bürger ins Land gelassen werden. Wir sprechen hier von einem Kontingent für fünfzehn- bis achtzehntausend Leute, wobei jedoch über siebzig Prozent Personen vorbehalten bleiben, die schon mit einer zeitlich beschränkten Aufenthaltserlaubnis in Italien leben. So oder so sind das kaum tausend pro Region. Und die Ukraine zählt nicht zu den Herkunftsländern, die einem einen Status als Flüchtling verschaffen, was die Lage noch schwieriger macht.«

»Ich verstehe, aber was hat das mit mir zu tun? Natascha hat einen unbefristeten Vertrag und sogar einen Stammbaum, ich meine, ordentliche Papiere.«

»Das ging ja nicht gegen dich, ich meinte ganz allgemein.«

Aber du hast auf mich gezeigt.

»Jedenfalls kommt es nicht selten vor, dass der Tod eines jungen Menschen, der über eine reguläre Aufenthaltserlaubnis verfügte, unter den Teppich gekehrt wird. Vor Jahren hatte ich mal einen Fall in Santa Croce, einem Ort, an dem zahlreiche Gerbereien ansässig sind. Da gaben sich zwanzig Senegalesen reihum zehn Aufenthaltsgenehmigungen weiter. Ein gewisser Khalil schaffte drei Schichten hintereinander, und das hat ihn nicht übermäßig angestrengt – steckten ja auch drei Personen hinter demselben Stück Papier. Andere Leute haben sechs Monate lang gearbeitet, die gingen dann nach Senegal zurück, während ein anderer die Aufenthaltserlaubnis für sechs Monate übernahm. Anschließend kehrten sie zurück nach Italien, und das Spiel fing wieder von vorne an.«

»Und der Chef hat davon nichts gemerkt.«

»Doch, der wusste Bescheid. Er hat keine Überstunden bezahlt, nicht eine. Und wo gibt es das, dass einer drei Schichten durcharbeitet und nicht einen Euro Überstundenlohn verlangt? Jedenfalls ist eine Aufenthaltserlaubnis in diesen Zeiten Gold wert. Hauptsache, man ist behördlich bekannt, wie man dann die Papiere fälscht, das findet sich. Wenn das Alter passt, lässt der Rest sich regeln.«

Die Kommissarin nahm mit der Gabel ein wenig von dem wundervollen Bodensatz Risotto auf, der noch an ihrem Teller klebte, und leckte die Gabel genießerisch sauber.

»Das alles wäre möglich, wenn die Leiche nicht mehr aufgetaucht wäre. Aber leider ist sie gefunden worden. Da wird es auf einmal Zeit, an ein Alibi zu denken. Und welches wäre besser als ein gewalttätiger und rachsüchtiger Ex-Mann, während die arme Olga natürlich ein vom Himmel herabgestiegener Engel war?«

»Irgendetwas sagt mir, dass das für dich nicht passt.«

»Es überzeugt mich kein bisschen. Erstens hat sie regelmäßig Kokain genommen. Die Autopsie lässt daran keinen Zweifel.«

»Ach!«

»Zweitens war das erwähnte Tattoo von einer Art, die man bei Engeln normalerweise nicht sieht, ein Tribal mit einem Pfeil geradewegs zum Hintern. Eher kubistisch als katholisch, wenn du mich fragst. Ist da vielleicht noch was übrig?«

Aber sicher doch. Während Massimo ihr den Teller füllte, kippte Alice weiter ihren Frust aus.

»Denk doch mal, was da alles nicht aufgeht. Die liebe, süße Olga war eine Koksnase – deine Tellerwäscherin Mrs Spock geht ja auch nicht auf die Beerdigung. Aber alle sagen, sie war ein Heimchen am Herd.«

»Ganz Koks und Kirche, was?«

»Du sagst es. Und alle ohne Ausnahme zeigen mit dem Finger auf den Mann. Der, so viel kann ich bestätigen, schon ein paar Anzeigen wegen Stalking der Verstorbenen hatte.

Nur schade, dass Evgenij Bondarenko, wenn du mich fragst, einen feuchten Dreck mit der Sache zu tun hat.«

»Warum haben Sie sich dann die Akte von Bondarenko angeschaut?«

»Sehen Sie, Pilade, Evgenij Bondarenko war ein Gewalttäter. Er hatte seine Frau mehrmals geschlagen, das ist aktenkundig, das haben sich nicht die Ukrainerinnen ausgedacht. Wenn eine Verstorbene ein Missbrauchsopfer war, egal ob durch den Ehemann, den Lebenspartner oder dergleichen, dann wird dieser Spur immer nachgegangen.«

»Hm, was ergibt das für einen Sinn? Wenn jeder, der seine Ehefrau schlägt, sie auch umbringen würde, wären einige Frauen weniger unterwegs. Natürlich ist es widerlich, seine Frau zu schlagen, Signorina, verstehen wir uns richtig. Ich meine nur, eine Ohrfeige ist eines, ein Messerstich was ganz anderes. Das ist eine Frage der Wahrscheinlichkeit.«

Da hat er recht, sagten die Augen von Rimediotti. Nur die Augen, denn mit der Stimme wäre es riskant gewesen: Neben einem möglichen Kurzschluss des Subwoofers starrte die Kommissarin schon Pilade an, als dächte sie, ein Messerstich sei manchmal eine gute Idee.

»Wir reden hier von zwei verschiedenen Dingen, Pilade«, schaltete sich Massimo ein, der sich sowohl der Wahrscheinlichkeit als auch seiner Freundin verpflichtet fühlte. »Du sagst, wenn ein Mann seine Frau schlägt, dann ist die Wahrscheinlichkeit, dass er sie auch umbringt, gering. Das ist im Wesentlichen wahr. In Amerika beträgt sie weniger als 0,1 Prozent. Aber so verfährt man nicht mit Statistiken, da muss man von den gesicherten Tatsachen ausgehen.«

Auf der gläsernen Arbeitsfläche hatten einige Cornetti das Frühstück überlebt. Massimo packte eines davon und rammte ihm ein Messer in den Bauch.

»Gesicherte Tatsache ist nun, dass eine Frau ermordet wurde«, fuhr er fort, während er das unschuldige Croissant aufschlitzte. »Und die Statistiken sagen: Wenn ein Mordopfer zuvor Anzeige wegen Missbrauch erstattet hat, ist in *neunzig Prozent* der Fälle dieselbe Person der Mörder, die den Missbrauch verübt hat.«

Nachdem Massimo das Ableben des Croissants konstatiert hatte, bestrich er dessen Innenseite mit einer üppigen Schicht Nutella und biss alsdann befriedigt in die eilends wieder zusammengesetzte Leiche.

»Es handelt sich hier um eine recht bekannte Art von Fehlschluss«, sagte er, nachdem er heruntergeschluckt hatte. »In den USA kam es durch Erwägungen der Art, wie du sie anstellst, zum Freispruch für O. J. Simpson.«

Pilade sah Massimo mit leidgeprüfter Miene an, teils weil er sich ja noch gefallen ließ, im Hinblick auf seine Leibesfülle mit einem Amerikaner verglichen zu werden, aber Selbiges in Hinblick auf die Gehirnleistung zu tun, das war eine Beleidigung; teils auch, weil es ihm naheging, mit ansehen zu müssen, wie sich jemand ungestraft an einem mit Nutella gefüllten Croissant gütlich tat.

»In Ordnung, Note 2+. Aber diesmal liegt man mit der Statistik daneben, oder täusche ich mich?«

Oh, diesen Alten legt niemand aufs Kreuz. Schweren Herzens hob Alice die Handflächen.

»Diesmal habe ich erhebliche Zweifel. Sagen wir's so, ich habe mir die Akte angesehen, um zu überprüfen, ob Bondarenko tatsächlich gewalttätig war. Und das ist der Fall. Wenn ein Schläger seine Frau umbringt, dann tut er das gewaltsam. Er wird sie nicht vergiften, und er tut auch nicht, was in diesem Fall passiert ist.«

»Warum, wie ist sie denn gestorben? Wurde sie vergiftet?«

»Mehr oder weniger. Sie ist an einem Kehlkopfödem gestorben. Eine häufige allergische Reaktion, ein anaphylaktischer Schock. Und Olga war, wie aus der Autopsie hervorgeht, allergisch auf Milch.«

»Aber könnte das kein Unfall gewesen sein?«

»Ein Unfall? Entschuldige mal, Pilade, aber wenn du aus Versehen einen auf dem Zebrastreifen überrollst, lädst du ihn dir dann auf den Rücken und wirfst ihn ins Meer?«

»Manche machen das so«, erwiderte Pilade zynisch, aber objektiv. »Besonders wenn sie sich davon einen Vorteil versprechen. Wenn die Frau nicht für tot erklärt wird, hat man eine Aufenthaltserlaubnis mehr.«

»Das war das Erste, woran ich gedacht hatte. Und als Hypothese steht es weiter im Raum. Deswegen habe ich ja gesagt, dass erst mal die Freundinnen für das Verstecken der Leiche dran sind, das wäre ja für sich genommen schon ein Delikt. Was den Mord angeht, muss ich erst noch ein paar Dinge mehr in Erfahrung bringen. Aber ich neige mehr zum Ja als zum Nein. Und hier, meine Freunde, kommen Sie ins Spiel. Irgendwelche Neuigkeiten?«

Im vollen Bewusstsein, im Zentrum der Aufmerksamkeit zu stehen, griff der Genosse Mastrapasqua in die Tasche und zog mit geübter Geste eine in Leder gebundene Kladde hervor. Einen dieser Gegenstände, die wir uns immer wieder zulegen, wenn wir in einer Buchhandlung an der Kasse stehen, um sie dann genau zwei Tage nach dem Kauf irgendwohin zu legen und nie wiederzufinden. Nachdem er die Kladde mit der stolzen Förmlichkeit eines Geheimagenten, der dem Politbüro Bericht erstattet, geöffnet hatte, hob er laut und deutlich an:

»Nun gut. Vorderst habe ich klarzustellen, dass das, was ich im Folgenden wiedergebe, Gespräche zwischen zwei oder mehreren Personen sind, auf die von uns in keiner Weise Einfluss genommen wurde – wir saßen lediglich auf einer Parkbank neben derjenigen, auf der sie Platz genommen hatten. Sämtliche Gespräche, so lässt sich zusammenfassend sagen, künden von einer bemerkenswert einheitlichen Sichtweise auf die Verstorbene.«

Yippie, hier kommt das Rokoko der Bürokratie! Man nehme einen Altlinken, noch nicht mal einen sonderlich radikalen, und ergänze ihn um einen Bürokraten, und schon hat man einen Menschen, der unfähig ist, für eine Botschaft die angemessene Länge zu finden. So einer verwendet sechzig Wörter, um zu formulieren, was man auch in zehn sagen könnte, und komprimiert Inhalte, die zwanzig Zeilen füllen, zu einem einzigen unverständlichen Lexem wie »Katoblepismus«.

»Darüber hinaus muss ich bekennen, dass mein Mangel an Übung im Gebrauch der ukrainischen Sprache mir nicht gestattet hat, dem Inhalt des Gesprächs vollumfänglich zu folgen. Ich habe daher beschlossen, nur diejenigen Teile wiederzugeben, über deren Bedeutung ich mir voll und ganz sicher bin.«

Die Kommissarin schnaubte kaum vernehmlich, was niemandem außer Massimo auffiel. Der allerdings wusste, was es mit diesem Laut auf sich hatte und was aller Voraussicht nach folgen würde.

»Olga Harasemchuk war nach Aussage ihrer Lands...« – kurzes, womöglich leicht nostalgisches Räuspern – »Pardon, ihrer Landsfrauen, eine mustergültige Bürgerin und Arbeiterin ohne Fehl, darüber hinaus fromm und gewissenhaft. In der ukrainischen Gemeinde wurde sie hoch geschätzt. Ich habe diesbezüglich die Ansichten von Personen unterschiedlichster Provenienz vernommen, die allesamt einvernehmlich ...«

»Entschuldigen Sie, Signor Mastrapasqua«, schaltete sich Massimo ein, bevor seine Freundin explodierte. »Signorina Martelli ist stellvertretende Polizeichefin, aber sie ist auch und vor allem ein Mensch. Drücken Sie sich weniger geschwollen aus, wenn Sie keine Schwellungen riskieren wollen.«

Der Genosse Mastrapasqua schaute in die Runde. Halt dich besser dran, sagten ihm die Blicke der Alten.

»Ja, in Ordnung. Also, Olga war eine sehr tüchtige junge Frau. Anscheinend hatten sie alle sehr gern. Ich habe nicht den Anflug einer kritischen Bemerkung oder Boshaftigkeit gehört.«

»Aber geredet wurde schon über sie, oder?« Alice, die Augen auf den Genossen Mastrapasqua gerichtet, versenkte ihre Lippen im Cappuccino. »Wenn ich Sie richtig verstehe, hat Olgas Tod die anderen Frauen nicht kaltgelassen.«

»Nein, ganz und gar nicht. Die Sache hat sie ganz offensichtlich getroffen, sie sind erschüttert, niedergeschlagen. Was man halt so sagt, nicht wahr? ›Hoffentlich findet sie dort Frieden, wo sie jetzt ist‹ – aber aufrichtig gesprochen, aus innerer Überzeugung. Sie müssen wissen, Ukrainer und Russen drücken ihre Gefühle oft etwas theatralisch aus. Sie sind da viel weniger zurückhaltend als wir, man kennt da keine Peinlichkeit.«

»Verstehe. Und im Hinblick darauf, wie sie gestorben ist, haben sie nichts gesagt?«

»Tja, das ist vielleicht das Interessanteste. Sie haben gesagt, sie hätten nicht erwartet, sie bei Darsoi zu sehen. Genauer haben sie gesagt: Wer hätte erwartet, diese arme, tote junge Frau zu sehen. Wenn man bedenkt, wie glücklich sie war, als wir sie bei Darsoi gesehen haben. Wer hätte erwartet, sie bei Darsoi zu sehen.«

»Darsoi? Und wer ist dieser Darsoi?«

»Da weiß ich nicht mehr als Sie.«

»Könnte das ein ukrainischer Nachname sein?«

»Glaube ich kaum. Für mich klingt das nicht nach einem ukrainischen Namen. Und da ist noch etwas: Die Ukrainer, die Slawen überhaupt, nennen Leute, die sie persönlich kennen, normalerweise nicht beim Nachnamen.« Der Genosse Mastrapasqua bewegte den Handrücken auf die Kommissarin zu und wieder zurück, als rollte er über ein Gleis. »Schon wenn man den Vornamen benutzt, signalisiert das Distanz. Wenn wir zum Beispiel befreundet wären, Daniela, dann würde ich Sie Danka nennen. In einem Gespräch zwischen Freunden wäre Daniela unhöflich, distanziert, können Sie mir folgen?«

»Ja, durchaus«, sagte die Kommissarin, ohne die Klarstellung für geboten zu halten, dass sie gegebenenfalls Alice wäre.

Besagte Alice verharrte also einen Augenblick lang nachdenklich, die Hände um die Kaffeetasse geschlossen.

»Gut, meine Herren. Ich danke Ihnen für die Zeit, die

Sie mir gewidmet haben. Es sind einige Informationen ans Licht gekommen, die, wie ich glaube, bei den weiteren Ermittlungen hilfreich sein werden.«

Super Taktik, ging es Massimo durch den Sinn. Du schmierst ihnen Honig ums Maul, und sie gehen zufrieden nach Hause, weil sie ihre Pflicht gegenüber der Gesellschaft erfüllt haben. Mehr noch – Verzeihung – gegenüber der Zivilgesellschaft.

»Die Ukrainerinnen treffen sich jeden Tag im Mugnaioni-Park. Wir wollten heute Abend wieder hingehen. Was halten Sie davon, Signorina?«

Und jetzt sagst du ihnen: Nein, was Sie zu den Ermittlungen beigetragen haben, ist bereits mehr als genug. Das muss nun eingehend untersucht werden, um in die sorgfältige Rekonstruktion der Fakten einfließen zu können. Danke, guten Tag und jetzt raus hier, ich wenigstens muss arbeiten.

»Das halte ich für eine ausgezeichnete Idee.«

Was?

»Natürlich ist es eine ausgezeichnete Idee. Je mehr Informationen man hat, desto besser.«

»Ja, Informationen. Kommt drauf an, was für welche.«

»Jegliche Information kann nützlich sein.«

»Äh, ich sprach von deren Glaubwürdigkeit«, erwiderte Massimo in einem Versuch, höflich zu sein, und im Bewusstsein, dass er, wenn er im Recht war, zu einer gewissen Aggressivität neigte. »Nimm etwa diesen Namen, der da erwähnt wurde, Darsoi. Das hast du von einem, der dich ernsthaft für eine Daniela hält. Wer weiß, wie dieser Nachname wirklich lautet. Vielleicht heißt der Mann Cuccurullo.«

»So was ist bei der Polizeiarbeit normal. Schau mal, Massimo, Ermittlungen bestehen nicht nur aus Geistesblitzen, wie in einem Krimi. Und sie sind auch kein Kartenspiel, wie du mir nahebringen wolltest, als du mir von dem ersten Fall erzähltest, in den du verwickelt warst.«

»Ja, das ist kein Spiel, ich weiß. Aber ich meinte das mit dem Spiel als Modell, als Metapher.«

»Das weiß ich, Massimo. Ich will darauf hinaus, dass das Modell an sich nicht stimmt. Ermittlungen, die diesen Namen verdienen, draußen auf der Straße, haben einiges von einer Seeschlacht. Ich meine, vom Schiffeversenken. Am Anfang steht der Schuss ins Blaue, möglicherweise trifft man daneben, aber das macht nichts, Hauptsache, man merkt sich, wohin der erste Schuss ging. Denn auch der Umstand, dass es dort nichts zu treffen gab, ist eine Information.« Alice unterstrich das Gesagte, indem sie mit dem Zeigefinger in die offene Hand stieß. »Irgendwann verzeichnest du einen Treffer, ohne das Schiff zu versenken, und dann weißt du, dass du die angrenzenden Felder beschießen musst, aber mit Köpfchen. Wenn du zwei Treffer hintereinander hast, ist klar, dass der dritte Schuss auf derselben Linie liegen muss. Ob davor oder dahinter, weißt du nicht, aber du weißt, es ist nur eine Frage der Zeit. So machen wir unsere Arbeit.«

Alice wartete ab, ob Massimo etwas dazu sagen wollte. Nach einer kurzen Stille setzte sie wieder an.

»Ja, ich mag vorerst nicht wissen, wer dieser Darsoi ist, und vielleicht erfahre ich am Ende, dass er Pomponazzi heißt. Aber ich weiß, dass eine glückliche Olga in Gesellschaft eines Mannes gesehen wurde. Sie hat wohl kaum ein besonders freudvolles Leben geführt, wenn sie den ganzen

Tag eingesperrt war und einer verkalkten alten Frau den Hintern abwischen musste, und sobald sie rauskam, lauerte womöglich schon ihr Ex-Mann mit einer Flasche Säure. Jemand muss sie glücklich gemacht haben. Jetzt, da ich weiß, dass es diesen Jemand gab, kann ich Fragen dazu stellen, wer das war. Morgen fange ich zum Beispiel gleich mal bei diesem Anwalt an, dem guten Alessandro Rossi. Und dein Großvater und die anderen können die Ukrainerinnen befragen. Bei denen kann ich ja schlecht inkognito auftreten, oder?«

»Theoretisch wäre das dein Job. Ich bin nicht sicher, ob ich meinen Großvater, Aldo und die anderen dafür losschicken möchte. Die fühlen sich sowieso schon als Detektive, ich sähe es ungern, wenn sie auch noch die Helden spielen wollten.«

»Das ist der nächste Schritt auf der Karriereleiter«, witzelte Alice. »Erst Detektiv, dann Held, dann Superheld.«

»Ja, die Prostatischen Vier.« Massimo blieb ernst. »Ein Mensch ist schon gestorben, aber ich bin nicht sicher, ob die Sache damit durch ist. Wir sprechen hier von krummen Geschäften mit Aufenthaltsgenehmigungen, Kokain, Verbrechern aus Osteuropa. Ich finde das nicht beruhigend.«

»Ich ebenso wenig. Dein Großvater und die anderen haben deshalb stets einen meiner Männer als Rückendeckung dabei.«

»Einen Polizisten? Und wer ist das, der Dumme oder der Blöde?«

Alice drehte sich um und blickte Massimo mit zwei Augen an, wie er sie zum Glück nur selten zu sehen bekam.

»Tonfoni ist kein Genie, aber seine Arbeit beherrscht er. Und ich die meine.«

»Verstehe.« Massimo ließ einen langen und theatralischen Seufzer fahren. »Dann werde ich mal wieder zum Barista.«

»Bravo.« Alice schob ihrem Barista/Freund die Tasse zu. »Machst du mir noch einen?«

»Nein. Es ist nach halb zwei. Um die Uhrzeit gibt es allenfalls einen Espresso. Du tust deine Arbeit, überlass mir die meine.«

Zehn

Rechtsanwalt Rossi hatte genau die Art von Kanzlei, die man von einem Anwalt namens Rossi erwarten durfte.

Alice war von einer Sekretärin – oder vielleicht Referendarin – über einen langen, mit Teppichboden ausgelegten Korridor geleitet worden, die selbst über weniger Kurven verfügte als der fragliche Teppich; der Korridor führte in ein Besprechungszimmer mit vier Sesseln, einem niedrigen Glas- und einem hohen Klostertisch, wo Alice höchstens ein paar Minuten auf das Eintreffen des Anwalts warten musste.

Auch Rechtsanwalt Rossi sah genauso aus, wie einer aussehen sollte, der mit Nachnamen Rossi heißt und von Beruf Rechtsanwalt ist: ein Mann wie viele andere, glatt rasiert und grauhaarig, mit maßvollem Bauchspeck und fast ohne Gesäß. Nur das Augenpaar ließ sein Gesicht wesentlich menschlicher wirken als bei einem Avvocato Rossi der Standardausführung oder besser bei einem, wie man ihn sich üblicherweise vorstellen würde.

»Zunächst einmal danke, dass Sie sich so kurzfristig Zeit genommen haben.«

Der Anwalt lächelte knapp, winkte beiläufig ab. Offenbar konnte man die Höflichkeitsfloskeln überspringen und direkt zur Sache kommen.

»Sie wissen, warum ich hier bin?«

»Ich glaube, ja«, antwortete der Rechtsanwalt. »Sie ermitteln im Fall der Sachbeschädigungen an der Passeggiata.«

»Genau.« Alice beschloss, ihren ersten Eindrücken treu zu bleiben und weiter ohne Umschweife zu sprechen. »Ich habe mich gefragt, aus welchem Grund nur Ihr Haus unbeschädigt geblieben ist.«

»Ein Zufall war das nicht«, antwortete der Rechtsanwalt, den Blick auf seine Schuhspitzen gerichtet. Dann sah er zu Alice hoch. »Noch nicht einmal Sprunghaftigkeit. Diese Witzbolde wussten, welches von den Häusern das meine ist. Sind Sie hier aus der Gegend?«

»Von der Insel Elba.«

»Dann kennen Sie sicherlich die Redewendung ›so groß wie ein Haus‹. ›Unmöglich zu verfehlen, ist doch so groß wie ein Haus‹? Die Auswärtigen verstehen zwar unsere Redensarten nicht, aber ein Haus treffen, das können sie.«

»Warum reden Sie von Auswärtigen? Sie wissen doch, was da auf Arabisch steht, oder?«

»Sicher doch. Ich rede nicht von Arabern, sondern von Ukrainern. Viel weiß ich ja nicht von dieser Geschichte, und das wenige, was ich weiß, wäre mir schon genug, ob es mich nun betrifft oder nicht.«

»Leider betrifft es Sie wohl«, bemerkte Alice.

Rechtsanwalt Rossi richtete ein Augenpaar, das in den letzten Tagen nicht gut geschlafen hatte, auf Alice.

»Weit mehr, als Sie glauben. Ja, es betrifft mich wesentlich unmittelbarer, als mir lieb wäre. Dazu müssen wir erst über eine andere Ukrainerin sprechen, Signora Vicequestore. Olga Harasemchuk, die junge Frau, die tot am Strand gefunden wurde. Sie müssen wissen, Signora Vicequestore, Olga hatte etwas mit meinem Sohn.«

Alice fand seit jeher, dass Anwälte zu viel redeten. Wenn jetzt natürlich dieser Typ im vierten Gang losfuhr, ohne dass man ihn auch nur befragen musste, dann kamen ihr gewisse Zweifel, ob diese Redseligkeit zwangsläufig von Nachteil war.

»Ihr Sohn? Sie sprechen von ...«

»Ich spreche von Matteo. Kennen Sie ihn? Hier, bitte sehr.«

Alessandro Rossi hielt Alice das Foto eines lächelnden Zwölfjährigen hin, ein Pferdegesicht, aber ein fröhliches. Über Fotos neueren Datums schien Rossi nicht zu verfügen.

»Sehen Sie, Matteo war schon immer ein übermütiger Junge. Für die Schule hat er sich nur so weit interessiert wie nötig. Also weder zu viel noch zu wenig. Aber Spaß haben, das interessiert ihn, und wie!«

»Im Gegensatz zu seinem jüngeren Bruder, wenn ich Sie richtig verstehe.«

Rechtsanwalt Rossi verzog das Gesicht, als wollte er sagen, eine Unerfreulichkeit auf einmal sei für ihn mehr als genug.

»Matteo ist ein anständiger Kerl. Gerade deshalb bin ich ja so erschrocken, als ich zufällig herausfand, dass er mit dieser jungen Frau ausging.«

»Sie kannten sie damals schon?«

»Olga ist ... oder leider war ... Sie war eine Mandantin von mir. Olga hatte einiges an Gewalt und Nachstellungen hinter sich. Sie war mit einem jungen Landsmann verheiratet gewesen, anscheinend ein vielversprechender Fußballer, der jedoch gleich nach seiner Ankunft in Italien in üble Gesellschaft geriet. Drogengeschichten. So was gibt es häufig, natürlich. Ihnen ist das sicherlich bekannt – eine erstaunlich hohe Zahl von Kriminellen schien in jungen Jahren eine Zukunft auf dem Rasen zu haben. Jedenfalls dauerte es nicht lange, und ...«

»Sie sprechen von Evgenij Bondarenko. Ich kenne seine Geschichte. Ich habe die Akte gelesen.«

»Na, dann wissen Sie ja, wovon wir reden. Signora Vicequestore, verzeihen Sie mir das Klischee, aber gleich und gleich gesellt sich gern. Auch Olga hatte nichts dagegen, von Zeit zu Zeit etwas Koks zu rauchen, nicht wahr?«

»Ja, das hat die Autopsie zweifelsfrei ergeben. Es zeigt sich da ein etwas anderes Bild von ihr, als was uns ihre Landsfrauen weismachen wollten. Nach deren Aussage war Olga ja ein wahres Heimchen am Herd.«

»Tja, ein wenig wird immer übertrieben. Ich kann das schon verstehen. Vielleicht denken Sie jetzt, ich hätte mich unnötig eingemischt, schließlich ist mein Sohn ein erwachsener Mensch, aber ...«

»Das heißt, Sie haben ihn wissen lassen, dass die Schwiegertochter in spe bei Ihnen keine Freudensprünge auslöst.«

Der Anwalt nahm das Foto seines Sohnes wieder an sich und stellte es zurück auf den Klostertisch, neben andere Familienmitglieder in 2-D. Nachdem er erneut Platz genommen hatte, antwortete er:

»Ehrlich gesagt, ja. Als er sagte, sie würde zu der Aufstiegsfeier kommen, erklärte ich ihm, dass weder seine Mutter noch ich darüber erfreut wären.«

»Und das bereitet Ihnen Gewissensbisse?«

»Merkt man mir das so sehr an?«, fragte der Rechtsanwalt und sah Alice an. »Ich wüsste gerne, warum. Aber ja, ich fühle mich schuldig. Ich weiß nicht, warum, ich weiß nicht, woran es liegt, aber vermutlich ist das normal, nicht wahr? Im Übrigen glaubt ja offenbar jemand, dass sich Olga tatsächlich in meinem Haus aufhielt, als sie starb.«

»Können Sie mir das Gegenteil beweisen?«

»Ich dürfte in der Lage sein, Sie zu überzeugen. Die Ermittler wahrscheinlich nicht. Meines Wissens, Signora Vicequestore, waren auf der Feier etwa einhundertfünfzig Personen anwesend. Ich kann Ihnen, wenn Sie wollen, gleich eine vorläufige Liste aushändigen …«

»… danke sehr …«

»… aber dass niemand Olga gesehen hat, ist kein zwingender Beweis dafür, dass sie nicht in irgendeinem Zimmer steckte, womöglich in Gesellschaft eines anderen, der dort ein und aus ging. Wohlgemerkt, ich bin mir so sicher, wie man nur sein kann, dass Olga an jenem Abend nicht in meinem Haus war.«

Wofür ich Gott danke.

Das sprach der Rechtsanwalt zwar nicht aus, aber die Kommissarin hörte es trotzdem. So wie sie auch herauszuhören glaubte, dass der Rechtsanwalt in diesem Punkt aufrichtig war. Olga hatte sich an jenem Abend nicht in seinem Haus aufgehalten.

Oder er wusste nichts davon.

»Ich verstehe Ihre Sichtweise. Ich muss Sie nun als Olga Harasemchuks Anwalt fragen, ob Sie in Erfahrung bringen könnten, wo sie sich aufhielt. Oder ob Ihr Sohn das wissen könnte.«

»Mein Sohn … Den würde ich gerne so weit wie möglich aus dieser Sache heraushalten«, antwortete Rossi und versuchte zu überspielen, dass er erstarrt war, in der typischen Haltung des Anwalts, dem nahegelegt wird, einen Fingerbreit mehr nachzugeben als vorgesehen.

»Ich weiß offen gesagt nicht, ob das möglich sein wird. Ich danke Ihnen für Ihre Mitteilung, aber Sie müssen bedenken, dass ich mit dem Fall nicht offiziell betraut bin. Ich gehe hier nur einer Sachbeschädigung nach.«

Rechtsanwalt Rossi erhob sich aus dem Sessel. Er wirkte verlegen.

»Ich weiß, ich weiß. Entschuldigen Sie, aber wie Sie begreifen werden, mischt sich in dieser Angelegenheit für mich Privates mit Beruflichem, und ich bin nicht sicher, wie ich damit am besten umgehen soll.«

Alice fragte sich, ob der Rechtsanwalt ihr etwas mitzuteilen suchte.

»Verzeihen Sie, Signor Rossi, wenn ich Ihnen eine nicht direkt berufliche Frage stelle.«

»Nur zu.«

»Haben Sie als Olga Harasemchuks Rechtsbeistand Informationen, die dazu beitragen könnten herauszufinden, wo sie sich zum Zeitpunkt ihres Todes aufhielt und wer sie getötet hat, aber diese Informationen unterliegen der Schweigepflicht?«

»Sagen wir, das ist wahrscheinlich.«

»Was meinen Sie mit ›wahrscheinlich‹?«

»Es könnte möglicherweise dazu beitragen. Ich weiß es nicht. Sagen wir, ich weiß, wo sich vielleicht Informationen finden ließen, aber ich weiß nicht, ob sie tatsächlich dort sind. Und ich kann der Polizei nicht offenlegen, wo nachzuschauen wäre, weil das unter die Schweige…«

Alice beglückwünschte sich dazu, richtig verstanden zu haben. Also, riskieren wir's weiter. Behaupten ja sowieso immer alle, ich würde vor nichts zurückschrecken, nutzen wir das ruhig aus.

»... unter die Schweigepflicht fiele, gewiss. Aber ich bin ja nicht mit den Ermittlungen betraut. Ich frage mich, ob ich wohl clever genug bin, um von alleine herauszufinden, wo ich nachsehen muss?«

»Sagen wir's so. Wenn Sie eine Mandantin von mir wären und jemand Sie belästigen würde – rein hypothetisch gesprochen, versteht sich –, dann würde ich Ihnen wärmstens empfehlen, auf Ihrem Handy eine Anwendung zu installieren, die eingehende Anrufe aufzeichnet.«

»Das wäre aber nicht legal.«

»Es sei denn, es diente dazu, Beweise zu einer bereits vorliegenden Straftat zu sammeln. Wenn Sie begründeten Anlass zu der Vermutung hätten, dass Ihnen dieses Mittel helfen kann, um Beweise gegen den Belästiger zu sammeln, dann wäre das ein hinreichender Grund.«

»Olga Harasemchuks Handy untersuchen zu können, wäre wunderbar. Aber soweit ich weiß, wurde es nicht gefunden.«

»Ah, da würde ich Ihnen immer zu einem Dienstleister im Internet raten. Dann liegen die Aufnahmen nicht auf Ihrem Telefon, sondern auf einem externen Server.« Rechtsanwalt Rossi tippte eine Sekunde lang auf seinem Smartphone herum, und es erschien das Icon einer App. »Diese Anwendung, TapeACall, funktioniert ausgezeichnet. So weit, was ich Ihnen persönlich raten würde«, schloss er und sah ihr zum zweiten Mal, seit sie sich kannten, in die Augen.

»Das heißt, wenn ich Drohanrufe bekommen hätte ...«

»... ja, dann würden sie auf dieser Mailbox registriert. Das ist natürlich nur meine Meinung.«

Alice stand auf, nachdem sie sich mit einer Damenhaftigkeit, die sie selbst überraschte, den Rock glatt gestrichen hatte. Dann streckte sie Rechtsanwalt Rossi die Hand entgegen.

»Ich danke Ihnen, Avvocato. Und zwar ehrlich.«

»Ich wünschte nur, ich könnte mehr für Sie tun.«

Und auch das klang ehrlich.

»Ganz ehrlich, ich kapiere nicht, wieso wir nochmal hergekommen sind«, sagte Pilade und guckte ins Leere.

»Damit mein Enkel Giulio rutschen kann, oder?«, gab Aldo zurück und wies mit der offenen Hand auf ein blondes Kind, das sich, nachdem es mit Begeisterung eine etwa zwei Meter hohe Leiter erklommen hatte, soeben glücklich der Schwerkraft überließ.

»Erstens: Wenn du mit einem Kind auf den Spielplatz gehen willst, ist der am Pinienwald sauberer.« Ampelio deutete mit dem Stock in Richtung Meer. Dann zeigte er damit auf den Kleinen. »Zweitens: Du hast gar keine Enkel. Sogar darin bist du ein Schnorrer.«

»Du hättest sehen sollen, wie sich Signorina Livia gefreut hat.« Beim Gedanken an seine Nachbarin von gegenüber zog ein zurückhaltendes Lächeln über Aldos Gesicht. »Endlich nimmt ihr mal jemand für ein paar Stunden den Sohn ab. Ich hatte auch Pilade gefragt, ob er seinen Enkelsohn mitbringen könnte, aber er wollte nicht.«

»Nein, meine Tochter wollte nicht. Die sagt, sie würde mir nicht trauen.«

»Da hat sie recht. Kannst du dir vorstellen, wenn der Kleine vors Auto läuft und Rimediotti muss nach ihm rufen?« Aldo klopfte dem Genossen Mastrapasqua freundschaftlich auf die Schulter. »Armando dagegen vertrauen wir voll und ganz. Hast du was Interessantes gehört?«

»Ja, eines schon.« Der Genosse Mastrapasqua zeigte unmerklich hinter sich. »Siehst du die aufgetakelte Blonde auf sechs Uhr? Die mit der rosa Jacke?«

Hinter Mastrapasqua standen zwei Grüppchen von Frauen: die eine, in der es ruhig und gemessen zuging, mit einem Durchschnittsalter von fünfundzwanzig, die andere etwa doppelt so weit, in Sachen Alter wie Lärm. Mastrapasqua sprach wohl kaum von den Stilleren.

Aldo hob weltmännisch die Schultern.

»Ja, die ist mir nicht entgangen.«

»Also.« Der Genosse Mastrapasqua schob sich mit einem Finger die Brille zurecht. »Sie hat gesagt, sie würde nicht verstehen, was wir hier jeden Tag machen, aber hoffentlich kämen wir morgen wieder. Auch Julius Cäsar allein wäre in Ordnung, hat sie gesagt. Und ihre Freundin hat gekichert.«

»Julius Cäsar? Soll das etwa ich sein?«

»Anscheinend gibt es Asterix auch auf Ukrainisch. Und wer von euch dreien käme sonst infrage?«

»Stimmt.« Aldo wiegte einsichtig das Haupt. »Ampelio könnte höchstens den Brutus geben. Dich wiederum, Pilade, sehe ich eher als Crassus.«

»Pass lieber auf, mit Cäsar hat es kein gutes Ende genommen.«

»Ach, da verlasse ich mich auf meine Triumviratsmitglieder.« Aldo erhob sich und strich die Bügelfalte seiner Hose glatt. »Wir schreiben die Zweitausenderjahre, ich arbeite mit externen Beratern. Und jetzt, wenn ihr mich entschuldigen wollt, wüsste ich gerne, ob eine von den Damen Feuer hat. Armando, magst du mich begleiten?«

»Geh nur, schön bist du auch allein.«

»Nichts zu machen, der hält sich immer noch für zwanzig.«

»Freut mich für ihn. Ich dagegen halte mich für sechsundachtzig. Und das Hässliche ist, ich habe recht.« Ampelio schüttelte den Kopf und sah seinem Freund hinterher, der nach einigen raschen Floskeln zwischen den zwei in die Jahre gekommenen Ostblockschönheiten auf der Bank Platz genommen hatte. Nun führte er ihnen sein Englisch aus dem alten Westen vor.

»Tja, wir sind eben nicht alle gleich.«

»Genau das war der Fehler«, sagte der Genosse Mastrapasqua, den Blick auf die spielenden Kinder gerichtet.

»Was meinst du damit?«

»Die Vorstellung, dass wir alle gleich wären«, sprach Mastrapasqua weiter und deutete auf die Kinder. »Schau doch, was man schon in diesem Alter an Unterschieden sehen kann.«

»Stimmt.« Ampelio nickte in Richtung eines Mädchens mit langen Zöpfen und lackierten Fingernägeln, jeder Finger in einer anderen Farbe. »Nimm die Kleine da, keine zehn Jahre alt, und man sieht jetzt schon, dass sie mal ein heißer Feger wird.«

»Sage ich doch. Du hättest dich in der Sowjetunion nicht lange gehalten«, bemerkte Mastrapasqua.

»Der Einzige, der sich in der Sowjetunion gehalten hätte, ist Rimediotti«, antwortete Pilade, die Arme vor der Brust verschränkt. »Aber ich bin sowieso nicht einverstanden. Darf man etwa nicht mehr sagen, dass wir alle gleich sind?«

»Stimmt das denn? Schau dich doch um und sei ehrlich. Ich merke jeden Tag mehr, dass wir alle verschieden sind. Ja, darin sind wir alle gleich. Nicht einer ist so wie die anderen. Wir wollten dafür sorgen, dass alle gleich werden, aber wir haben's nicht geschafft. Vielleicht war das auch besser so.«

Ampelio grunzte.

»Also, wenn dir das Sorgen macht, gib dem Fernsehen noch ein bisschen Zeit, in zwanzig Jahren ist die Sache erledigt.«

»Das finde ich jetzt einen Tick übertrieben.«

»Findest aber auch nur du«, widersprach Ampelio, noch immer die Kinder im Blick. »Ins Kino geht keiner mehr, diese Fernsehserien mit Filmschauspielern sind ja auch besser. Ins Stadion geht ebenfalls keiner mehr, schließlich kann man das Spiel in HD gucken und mit drei verschiedenen Kommentaren, neutraler Reporter, Fanreporter und Reporter auf Englisch. Fehlt bloß noch der schwule Reporter, der einem erzählt, wie gut die Spieler aussehen, dann ist die Berichterstattung komplett. Bloß ins Stadion oder ins Kino geht keiner mehr. Aber wir können beruhigt sein, es gibt ja dann immer noch Feisbuk.«

Ampelio schüttelte den Kopf und zeigte mit dem Stock auf die Kinder.

»Als ich jung war, bin ich aus dem Haus gegangen, um mich zu amüsieren. Heutzutage ist es strafbar, sein Haus zu verlassen.« Ampelio richtete die Spitze des Stocks auf den Boden und stützte sich mit seinem gesamten Gewicht darauf. »Wie willst du merken, dass du anders bist als die anderen, wenn du nie einen zu Gesicht bekommst?«

Hab mich verzählt

Man sollte nie ein Restaurant betreten, das noch nicht offen hat.

Massimo hatte sich nie daran zu gewöhnen vermocht, wie sehr sich das Bocacito um fünf Uhr nachmittags von den Stunden unterschied, in denen im Lokal Hochbetrieb herrschte. Schwache – nicht gedämpfte, schwache – Beleuchtung, da ging es eindeutig nicht um die Stimmung, sondern ums Sparen, die Anwesenden noch schlecht gekleidet, und anstelle Tizianas wartete Tavolone auf, in Schürze und Unterhemd, ein Anblick, der jedem den Appetit rauben konnte.

Aber vor allem die Küche: Wer gewohnt ist, im Restaurant zu essen, sollte nie auch nur erwägen, sich die Küche anzuschauen. Weder nach dem Essen noch davor.

Hat auch noch der Koch schlechte Laune, sollte man besser gleich gehen.

»Ja, bevor ich finden kann, was ich suche, muss ich erst mal kiloweise CDs wegräumen, und wenn mir zufällig eine kaputtgeht, du kennst deinen Freund, oder?« – Tavolone holte kurz Luft, aber sein Gesicht blieb trotzdem puterrot – »Dem kannst du den Wagen abfackeln, und er merkt's nicht mal, aber mach ihm 'nen Kratzer auf 'ne CD, und er führt sich auf, als hättest du ihm die Mutter abgestochen.«

»Du meinst meinen Partner, nicht Freund.« Massimo drehte die Handflächen nach oben. »Und außerdem weißt du's ja selbst, Aldo war schon immer ein bisschen zerstreut.«

»Das ist keine Zerstreutheit mehr. Das ist Sabotage.« Tavolone deutete mit der offenen Hand auf das Spülbecken hinter dem Induktionsherd (Pedalarmatur, alles nach Norm, keine Sorge), in dem zwei oder drei CDs mit Konzerten für Klavier und Orchester auf den unwahrscheinlichen Fall warteten, in die Geschirrspülmaschine gesteckt zu werden.

»Das hier«, wiederholte Tavolone, »ist Sa-bo-ta-ge. Oder kannst du mir mal verraten, was die CDs im Spülbecken verloren haben?«

»Ich kann dir schon sagen, wie er das gemacht hat«, sagte Massimo, womit er eigentlich eine andere Frage beantwortete. »Er ist mit den CDs in der Hand reingekommen, er hat die Dinger ja ständig in der Hand, dann bekam er auf einmal Durst, und um sich ein Glas aus dem Abtropfregal zu nehmen, musste er die CDs loswerden. Also hat er sie halt an der erstbesten Stelle abgelegt.«

Und nachdem er getrunken hatte, wusste er nicht mehr, was er noch vor sechs Sekunden in der Hand hatte, und ist ohne die CDs rausgegangen. Aber das ist nicht Alzheimer, das ist Aldo. Der war schon immer so.

»Schon klar. Hoffentlich lagert er wenigstens die Klobürste ein Stück vom Waschbecken entfernt, der wäre imstande, sich damit die Zähne zu putzen. Massimo, du musst mal ein ernstes Wort mit ihm reden.«

Massimo besah sich seine Fußspitzen. Nicht gerade spektakulär, aber immer noch besser als Tavolone kurz vor einem Schlaganfall.

»Ja. Und was soll ich ihm sagen? Aldo, wir haben dich lieb, du warst der Erste, der ein echtes kulinarisches Niveau nach Pineta gebracht hat, du bist immer mit der Zeit gegangen, aber mit einhundertsechs wäre es allmählich doch an der Zeit, sich in eine Ecke zurückzuziehen, du gehst uns langsam auf die Nerven?«

Wäre Massimo nicht klar gewesen, dass das völlig unmöglich war, er hätte geglaubt, Tavolone habe vor seiner Antwort nachgedacht.

»So ungefähr. Bloß höflicher. Aber na ja, du bist hier der Partner, ich bin nur angestellt.«

»Wunderschönen guten Abend zusammen«, sagte eine gelassene Baritonstimme aus dem Gastraum. »Hat vielleicht jemand den Schuber mit den Mozart-Konzerten gesehen, denen mit Perahia am Klavier?«

»Leider ja«, antwortete Massimo.

Mehr zu sich selbst als zu irgendjemand anders.

»Na, dann lass deinen Vorschlag hören.«

»Der Vorschlag ist ganz einfach.« Ja, wenn man ihn denkt. Ihn laut aussprechen, das ist das Problem. »Erst mal eine Frage: Sind wir uns einig, dass man sich auf Tiziana inzwischen voll und ganz verlassen kann?«

»Eigentlich konnte man das schon immer.«

»Okay. Dann sagen wir, sie kann inzwischen auf eigenen Füßen stehen?«

»Ja, das kann man sagen.«

»Gut. Also, warum machen wir sie nicht zur Partnerin?«

»Zur Partnerin?«

»Ja. In unserem Lokal.« Massimo sah hoch, bis er endlich den Blick seines Geschäftspartners auffing, dessen

Augen vage durchs Lokal schweiften. »Aldo, seien wir ganz ehrlich: Du kannst nicht ewig weitermachen. Du bist fast achtzig, und ich weiß nicht, wie viel Lust du überhaupt noch hast zu arbeiten.«

»Tatsächlich keine sehr große.« Aldos Blick streifte weiter durchs Lokal. »Nein, Lust zu arbeiten habe ich keine. Ich bin gerne hier, aber arbeiten mag ich nicht mehr. Ich glaube, du kannst das verstehen.«

Klar doch. Keiner versteht dich besser als ich.

»Na also. Auf der anderen Seite könnten wir berücksichtigen, dass auch Tiziana gerne hier ist. Und zwar noch lieber als du. Ich meine das nicht böse, das ist eine rein biologische Frage. Sie ist dreißig ...«

»... und ich bin fast achtzig, danke, dass du mich daran erinnerst. Ich bin ja so alt, dass ich morgens, wenn ich aufstehe, gar nicht so recht weiß, wie alt ich bin. Zum Glück mache ich auch in die Hose, und dann fällt's mir wieder ein – ich gehe in die Kinderkrippe.«

»Hör zu, Aldo, ich wollte nicht, dass du ...«

»Dass ich alt werde?«

Nein, dass du die Sache in den falschen Hals kriegst. Aber jetzt scheint mir kein passender Moment, dich zu unterbrechen.

»Was soll man machen, Massimo?« Aldo breitete die Arme aus. »Früher oder später wird man eben alt. Früher, als ich erwartet hatte, wenn ich ehrlich sein soll, aber es stimmt. Weißt du, ich glaube, so ist es um einiges besser als anders. Vielleicht überrascht dich das, aber auch ich habe vor Kurzem darüber nachgedacht. Ich sehe, dass ich nicht mehr in der Lage bin, viele Dinge allein zu machen.«

»Wollen wir mal sehen, was uns zusammen dazu einfällt?«

»Bist du sicher, dass ich dafür noch tauge? Alt und verkalkt, wie ich bin?«

»Aldo, bitte. Tiziana ist jung und tüchtig, sind wir uns da einig?«

»Absolut. Tiziana ist jung und tüchtig. Sie ist erwachsen geworden und kennt sich aus. Sie hat das Recht, Verantwortung zu übernehmen. Wir müssen nur herausfinden, wie wir den Übergang möglichst elegant gestalten.«

»Mhm. Da sind wir absolut einer Meinung. Wie würdest du es denn angehen?«

»Nein, wie willst *du* es angehen? Wenn ich mich hier vom Acker machen soll, entschuldige die Flapsigkeit, dann mach dir wenigstens die Mühe und halt mir die Tür auf.« Aldo trat mit phlegmatischem Schritt zur Garderobe und griff zu seinem leichten Jackett. »Ich drehe jetzt mit den übrigen Rentnern eine Runde durch den Park, da kann ich mich schon mal an den Gedanken gewöhnen.«

»Aber wir machen in einer Stunde auf…«

»Ja, eben. Da möchte ich nicht stören. Bis später!«

Das Unschöne am Alltag als Inhaber eines Restaurants ist, dass man einen völlig anderen Lebensrhythmus hat als alle anderen.

An Samstagen und Sonntagen wird gearbeitet, der Montagvormittag dagegen ist der erholsamste Zeitpunkt der Woche. Man isst gut, keine Frage, aber man isst um elf zu Mittag und um sechs zu Abend. Nach dem Abendessen geht man an die Arbeit. Nicht viele halten so einen auf den Kopf gestellten Biorhythmus problemlos aus, und nur wenigen gelingt es, sich an das Zusammenleben mit einem Menschen zu gewöhnen, der ein Restaurant hat. Dafür braucht man selbst ein Leben ohne feste Zeiten und eine Unmenge Geduld.

Eine stellvertretende Polizeichefin zum Beispiel eignet sich dafür ganz hervorragend.

»Eines ist klar, das hier ohne Wein zu essen, ist ein himmelschreiendes Unrecht«, sagte Tavolone, während er zu Alice trat.

»Ich weiß, Otello, ich weiß«, sagte Alice und tupfte sich mit der Serviette die Lippen ab. »Aber ich hab's trotzdem genossen, keine Sorge.«

»Ja, sicher«, lenkte Tavolone ein und trug den Teller ab, auf dem noch fünf Minuten zuvor eine hübsche Portion Carbonara di Mare gelegen hatte, jetzt konnte er ihn direkt in den Geschirrspüler stellen, ohne Vorwäsche. »Wie wär's mit einem Nachtisch? Heute Abend habe ich einen Apfel-Haselnuss-Crumble à l'Armagnac. Ist nicht alkoholisch, ja? Das kocht sich aus.«

»Nein danke. Ich muss jetzt gleich Marino vernehmen, da brauche ich etwas Biss. Wenn ich mir jetzt so was reinschiebe, kann ich nur noch schnurren.«

»Meinst du den Marino, dessen Mutter mein Opa fast umgebracht hätte?«, fragte Massimo, während er sich noch einen Schuss Prosecco eingoss, im Dienst zu trinken zählt schließlich zu seinen Privilegien.

Zu den Ärgernissen wiederum zählt, am Arbeitsplatz lästigen Zeitgenossen zu begegnen. Darunter zuvorderst Ampelio und den beiden anderen. Das heißt, Pilade und Gino: Aldo und der Genosse Mastrapasqua sind im Park geblieben, um sich Möpse anzusehen – und zwar keine, die von ihren Herrchen ausgeführt werden.

»Genau, diesen Marino.« Alice drehte sich zu Massimo

um. »Und es war ein Glück, dass die vier Jungs in den Park gegangen sind. Die Sache strotzt nur so vor Merkwürdigkeiten, da gibt es einiges zu klären.«

»Schnapp sie dir und nimm sie mit nach Hause, Junge«, bemerkte Ampelio. »Aber wieso befragen Sie ihn um die Uhrzeit?«

»Ja, wissen Sie, er hat Nachtschicht in der Raffinerie in Livorno und schläft von neun bis sechs. Man muss auch mal Entgegenkommen zeigen.«

»Ich komme dem gern entgegen«, sagte Ampelio. »Aber mit dem Kastenwagen. So eine blöde Null. Ich hab's Ihnen ja gesagt, Signorina, wir haben uns da informiert. Das ist so einer, dem nähert man sich nicht mal mit der Angelrute.«

»Echt?«, fragte Massimo.

»Ja, irgendwie schon«, bestätigte Alice. »Kleinere Vorstrafen wegen Diebstahl und Betrug. Ein weiterer Betrugsprozess läuft noch. Verteidigt wird er von Rechtsanwalt Rossi, und der hat die Verteidigung gerade am Dienstag übernommen, zwei Tage nach dem Mord. So ein Zufall aber auch. Davor hatte er einen popligen Pflichtverteidiger, Marino ist nämlich chronisch abgebrannt. Und das ist die erste Merkwürdigkeit.«

»Und die andere?«

»Die andere Merkwürdigkeit ist, dass ihr noch nicht zum Abendessen daheim seid«, sagte Massimo säuerlich. »Ich muss gleich rüber zum Aperitif und hätte gern einen Moment mit meiner Freundin, dann reden wir mal ein paar Takte über Leute, die noch am Leben sind. Ich verstehe ja, dass euch das Thema ›Erblassen‹ ganz unmittelbar angeht, aber wenigstens beim Essen könntet ihr sie in Ruhe lassen.«

»Wie halten Sie ihn eigentlich aus, Signorina?«

»Ach, das beruht auf Gegenseitigkeit, Ampelio. Die andere Merkwürdigkeit ist, dass eine Kanzlei wie die von Rossi, die eine völlig andere Klientel vertritt, auf einmal einen kleinen Betrüger wie Marino annimmt. Für die ist das weder als Fall interessant noch von der Person oder vom Thema her und finanziell ganz sicher nicht.«

»Was uns zu Rechtsanwalt Rossi bringt«, erinnerte Pilade, der stets das große Ganze einer Gesamtsituation im Auge behielt. »Gibt's da was Neues?«

»Nicht viel, bis auf eines. Massimo, kann ich einen Espresso haben?«

»Gewiss«, antwortete Massimo beflissen und formte die Hände vor dem Mund zu einem Trichter. »Otello, einen Espresso für Alice, danke!«

Sollen das vielleicht bloß die dort drüben hören?

»Wo war ich? Ja, Olga starb an demselben Sonntagabend, an dem Pisa aufgestiegen ist, und Rechtsanwalt Rossi hat bei sich zu Hause eine Party geschmissen. Eine Riesensache, sogar mit Feuerwerk vom Boot aus.«

»In der Familie sind sie alle fanatische Pisa-Anhänger. Aber das Feuerwerk habe ich gar nicht gesehen.«

»Das hat niemand gesehen, Ampelio. Weil es nicht stattgefunden hat. Anscheinend hatte das Boot ein Leck.«

»Aha«, sagte Ampelio enttäuscht.

»Oha«, bemerkte Pilade mit größerem Interesse.

Für das, was Rimediotti sagte, kennt weder die italienische noch die deutsche Sprache eine geeignete Umschrift, sagen wir, es war ein Geräusch um die 70 - 80 Hertz. Das in jedem Fall Zweifel ausdrückte und wahrscheinlich auch fehlendes Verständnis. Woran es Pilade überhaupt nicht fehlte.

»Das Boot war kaputt, ha? Ausgerechnet in der Nacht, in der eine Leiche ins Meer geworfen wird. So ein Pech, oder?«

»Ja, nicht wahr? Habe ich mir also gedacht, man müsste herausfinden, wer auf diesem Fest war. Ganz sicher anwesend waren die drei männlichen Mitglieder der Familie Rossi, der Vater und die beiden Söhne. Ganz sicher nicht anwesend war Evgenij. Ich wüsste ja gerne, ob außer Olga noch eine ukrainische Pflegerin dabei war. Man bräuchte einfach mal eine Liste mit den Eingeladenen und etwaigen Zufallsgästen. Könnten Sie da etwas in Erfahrung bringen?«

»Tja, probieren kann man's mal.«

»Bravo. Und dann wäre da noch was.«

»Zu Ihren Diensten.«

»Sehen Sie gelegentlich anderen bei der Arbeit zu?«

Ampelio zog die Augenbrauen hoch.

»Na, das ist doch einer der Vorteile am Rentnerdasein.«

»Dachte ich mir. Wie wär's, wenn Sie mal schauen gehen, wie in der Schiffswerft gearbeitet wird?«

»Sie meinen, vielleicht treffen wir einen, der Rossis Boot repariert hat?«, fragte Pilade mit glänzenden Augen im speckigen Gesicht.

»Dann hätten Sie doppelten Applaus verdient. Und wenn Sie nachher vorbeikommen und mir Bescheid sagen, sogar dreifachen.«

»Warum nicht gleich vierfach.« Ampelio kicherte und gab Pilade mit dem Stock einen freundschaftlichen Klaps ans Bein.

»Früher oder später säge ich diesen Stock in Stücke«, antwortete Pilade gelassen, während er sich erhob. »Mitsamt dem Inhaber.«

»Das ist Nötigung, Pilade.« Alice drohte ihm scherzhaft mit dem Finger. »Ein Amtsdelikt. Rühren Sie meine künftige Familie nicht an, sonst sehe ich mich genötigt, meine Pflicht zu tun. Apropos Pflicht, ich müsste dringend mit Natascha sprechen.«

Elf (wie die Rückennummer von Pulici)

Das Problem ist nicht, spätabends ins Bett zu gehen.

Das Problem ist, am nächsten Morgen früh aufstehen zu müssen. Wenn man eine Bar hat und dazu noch eine Freundin, die um zwei Uhr morgens nach Hause kommt, weil sie Zeugen vernehmen und arbeiten musste, dann trifft einen unglücklicherweise beides.

So bekommt man zwar vor Müdigkeit kaum die Augen auf, kann aber doch nicht umhin, für eine Weile Alice zuzuhören, die von ihren Fortschritten erzählt.

Auch weil sie sonst sauer wird.

»Und was ist dieser Marino für ein Typ?«

»Der klassische kleine Gauner. Wie man ihn sich vorstellt.«

Vor Massimos geistigem Auge erschien das Bild eines Fünfzigjährigen mit mürrischer Miene, am Kopf klebenden Haaren und einer Winterjacke, unter der sich eine geologische Schicht aus Pullovern und ausgelassenen Duschen verbarg.

»Groß, lächelnd, offener Blick. Ein gut aussehender Mann, muss ich sagen.«

Dann ist er nicht so, wie ich ihn mir vorgestellt habe. Andererseits: Einem Kerl, wie ich ihn im Sinn hatte, würde noch nicht mal eine Klausurnonne auf den Leim gehen.

»Okay. Aussehen bestanden. Und wie steht's kognitiv und verhaltensmäßig?«

»Tja, da muss man aufpassen. Nicht besonders intelligent, sonst hätte er es bei seinem Aussehen weiter gebracht. Aber schlau. Wenigstens in seinen Aussagen zu Olga, da bleibt er immer bei derselben Version: eine tüchtige junge Frau, pünktlich, gescheit. Manchmal etwas aufbrausend, aber so, wie er es darstellt ...«

»... Wenn Sie mich fragen, Signora Vicequestore – die Slawinnen sind oft ein bisschen so, na ja.« Marino hatte die Schultern gehoben, mit der Miene eines Mannes, der dergleichen schon manches Mal hat ertragen müssen. »Wahnsinnig emotional. Wenn sie einen lieben, posaunen sie's in die Welt hinaus, und wenn sie einen hassen, würden sie ihn am liebsten umbringen.«

»Sie scheinen sich mit Frauen auszukennen«, hatte Alice gesagt, in vertraulichem Ton und mit einem einladenden kurzen Lächeln, das unmissverständlich durchblicken ließ: Ja, schade, dass ich als Ermittlerin hier bin, sonst würde ich mich auch nicht lange zieren.

Marino hatte sie angesehen und dabei den Kopf schief gelegt wie ein echter Don Juan und echter Kerl: männlich, selbstbewusst und vor allem wahnsinnig vorhersehbar.

»Aber wir sind nicht hier, um über mich zu sprechen«, sagte er. In der Überzeugung, dass Alice das sehr bedauerte. »Sie sagen, Olga hätte Kokain genommen, davon habe ich nichts gemerkt, aber möglich wäre es schon. Sie hat viel Zeit mit meiner Mutter verbracht, arme Frau.«

»Wer, Ihre Mutter?«

»Ja, die auch. Und arme Olga, die es mit ihr aushalten

musste. Ich weiß nicht, ob Ihnen das bekannt ist, aber meine Mutter hat sie nicht mehr alle. Sie ist jetzt über achtzig, und ihr Kopf funktioniert nur noch, wie und vor allem wann es ihr in den Kram passt.«

»Dann haben Sie wenig Zeit mit Olga verbracht? Sie kannten sich nicht näher?«

»Wir haben uns noch nicht mal besonders gut verstanden, Signora Vicequestore. Nicht, dass Sie denken, ich bin Rassist oder so, aber sie war halt die Pflegerin meiner Mutter. Freunde sind für mich etwas anderes.«

»Dieses Tribal Tattoo auf dem Gesäß, woher wussten Sie, dass sie das hatte?«

Marino lächelte und machte ein Gesicht Typ sympathischer Schurke.

»Kommen Sie, Signora Vicequestore, wir sind doch erwachsene Menschen. Olga war eine attraktive junge Frau. Manchmal, wenn ich zu meiner Mutter kam, war sie gerade am Putzen. Olga hat immer per Hand gewischt, auf Knien auf dem Boden, teils, weil sie so pingelig war, und teils, weil meine Mutter, entschuldigen Sie die Ausdrucksweise, einem ziemlich auf die Eier gehen kann. Jedenfalls habe ich sie da ein paarmal beim Putzen erwischt, auf allen vieren am Boden, die Hose leicht verrutscht, und da habe ich halt nicht weggeschaut. Die Augen übernehmen das fast von allein, Sie wissen ja, wie wir Männer sind.«

Besser, als du dir vorstellen kannst, aber nicht so, wie du denkst.

Die Geschichte könnte sogar glaubhaft sein, bis auf eine Kleinigkeit: dass sie nicht wahr ist. Erstens hast du zu viele Wörter benutzt. Bis hierher waren deine Antworten knapp, aber beim Erzählen bist du ganz schön ausführlich geworden. Das ist typisch für Lügner, allerlei Einzelheiten unterzumischen, um ihre Darstellung überzeugender klingen zu lassen.

Zweitens ist da noch diese Handbewegung. Wenn einer lügt, schiebt er oft von sich, was er sagt. Lange Sätze, die Hände im Scheibenwischermodus: Mein Lieber, du willst mir einen Bären aufbinden.

»Ich weiß auch, wie Anwälte sind. Ich weiß zum Beispiel, dass sie sich für ihre Dienste gern bezahlen lassen.« Alice griff zu einer Akte und schlug sie auf. »Und in diesem Punkt scheinen sich Ihre Ansichten radikal zu unterscheiden. Keiner der zwei Anwälte, die Sie in den letzten Jahren vertreten haben, hat auch nur eine Lira gesehen. Hat man Ihnen deswegen für den neuen Prozess einen Pflichtverteidiger zugewiesen?«

Marino fiel die Veränderung in den Augen der Kommissarin auf, das war kein Hundeblick mehr, das hatte etwas Katzenhaftes.

»Ich verstehe nicht, was Sie meinen, Signora Vicequestore. Ich dachte, es geht hier um Olga.«

»Ganz genau. Olga Harasemchuk wird tot am Strand gefunden, und zwei Tage später übernimmt Avvocato Rossi Ihre Verteidigung. Obwohl er bekanntlich nicht auf Betrugsdelikte spezialisiert ist und obwohl Sie sich ebenso bekanntermaßen darauf spezialisiert haben, Anwälte nicht zu bezahlen. Soll das ein Zufall sein?«

»Nein, das ist natürlich kein Zufall. Avvocato Rossi war, wenn Sie so wollen, von meinem Bürgersinn beeindruckt. Es hat ihn für mich eingenommen, zu erfahren, dass einer wie ich, der in einem anderen Verfahren vor Gericht steht, Verantwortung übernimmt und die Leiche eines armen Mordopfers identifiziert. Ich habe Olga ja kaum gekannt.«

»Sie haben Olga kaum gekannt, aha!« Pause, lautes Ausatmen, um diesen Trottel denken zu lassen, dass man ihm nicht glaubt, und anschließend die Angel auszuwerfen. »Dann soll ich wohl annehmen, dass jemand anders sie besser kannte.«

»Jetzt, wo Sie das sagen, Signora Vicequestore. Wenn ich mir anschaue, wie Avvocato Rossi sich verhalten hat, glaube ich, dass ihm diese junge Frau aus irgendeinem Grund am Herzen lag. Keine Ahnung, warum.«

Alice probierte es mit einem kleinen Köder. Auf gut Glück, vielleicht wusste Marino ja etwas.

»Entschuldigen Sie meine Direktheit, aber womöglich war sie ...«

Auf Marinos Gesicht breitete sich ein verächtliches Lächeln aus.

»Seine Geliebte? Nein, nein, Signora Vicequestore. Rechtsanwalt Rossi ist ein ehrenwerter Mann.«

»Rechtsanwalt Rossi ist ein ehrenwerter Mann.« Alice, die im Schneidersitz auf dem Teppich saß, wartete auf Massimo und das fertige Sandwich (mit Vollkornbrot, und schneid mir bitte das Fett vom Schinken, das habe ich nicht so gern, danke, Massimo). »Er hat es mir sehr deutlich gesagt, und ebenso deutlich wollte er mir wohl etwas anderes sagen. Der Anwalt ist ein ehrenwerter Mann, aber irgendwer sonst ist das nicht.«

»Schon verstanden. Du glaubst also, Marino weiß mehr, als er sagt?«

»Irgendjemand lügt hier, das ist meistens so. Gibst du

auch ein bisschen Gorgonzola drauf? Der passt so gut zu dem Rohschinken.«

Hätten sie in seiner Bar gesessen, Massimo hätte es weit von sich gewiesen, eine derartige Untat zu vollbringen. Da er jedoch zu Hause war und noch dazu mit seiner Freundin, fehlte ihm die nötige Autorität, um dieses Fiasko zu verhindern. Bevor er das Sandwich zuklappte, strich er also ein wenig von dem übel riechenden Milchprodukt auf die freie Seite und überreichte das Ergebnis Alice.

»Ich dachte, du isst nicht viel Käse?«

»Ach, wenn ich abends nichts zu mir nehme, dann schlafe ich nicht so gut ein. Da reicht auch ein belegtes Brötchen. Ich bin gespannt, was mir die alten Knaben morgen sagen. Also, ich esse rasch fertig, und dann gehen wir ins Bett, ja?«

Das Ganze in neutralem Ton, man gebe sich keinen Illusionen hin. Spät ist es für alle.

»Na, Jungs? Neuigkeiten für Alice?«

»Na ja, Massimos Gesicht nach haben wir uns eher gefragt, hat Alice vielleicht Neuigkeiten für uns? Der sieht aus, als wäre er die ganze Nacht wach gewesen.«

Spät ins Bett zu gehen und früh aufstehen zu müssen, hieß es am Anfang dieses Kapitels, ist für jeden ein Problem. Aber wenn man's genau nimmt, nicht für jeden. Wir haben uns beide um vier hingelegt: Warum hänge ich dann rum wie ein Leichentuch, und sie ist frisch und hellwach?

»Von wegen Neuigkeiten, lieber Ampelio. Um Urgroßvater zu werden, müssen Sie noch ein bisschen warten.«

»Uff, warten. Als ich meine erste Tochter bekommen habe, war ich zwanzig. Und die hat Massimo auch mit einundzwanzig gekriegt. Im zweiten Jahr an der Uni. Nur er will anscheinend warten, bis er Rektor ist. Muss ich vorbeikommen und mit dir üben?«

»Wieso, weißt du, wie das geht?«, stichelte Aldo.

»Ha, drei Kinder habe ich immerhin«, versetzte Ampelio mit erhobenem Stock. »Die sind nicht mit der Post gekommen, was glaubst denn du?«

»Ich meinte, weißt du's noch?«, gab Aldo zurück. »Weil wenn's um Üben geht, bist du wohl auch nur noch Theoretiker …«

»Entschuldigen Sie«, sagte Alice, die pompejirot angelaufen war, »aber wenn ich auf eines verzichten kann, dann dass ein Bekannter in die Bar kommt und mithört, wie ich mit dem Opa meines Freundes über Sex rede.«

»Schon richtig«, bemerkte Massimo. »Wenden wir uns doch den lieben Perversionen von früher zu. Da hat man sich noch über Leute unterhalten, die ermordet wurden.«

»Für mich ist das Arbeit«, sagte Alice und griff nach den Früchten der Arbeit Massimos, einem extragroßen Cappuccino mit doppeltem Espresso.

Für uns auch, sagten die Gesichter der Alten.

»Neuigkeiten«, kam Pilade zurück zum Thema. »Wir waren bei Cellai, das ist der Inhaber der Werft am Fosso dei Lorena. Wo das Boot von Rossis Sohn repariert wurde.«

»Ach, das gehört dem Sohn? Welchem, dem ernsten oder dem kleinen Hallodri?«

»Nein, dem mittleren Kind, das ist der etwas Ernstere. Cellai hat uns jedenfalls gesagt, dass das Boot ein Problem am Steuerruder hatte. Bisschen unwahrscheinlich bei so 'nem neuen Boot, normalerweise kommt so was von der Abnutzung.«

»Also eine seltsame Panne.«

»Sagen wir's ruhig so: Das war Vandalismus. Das Boot sollte nicht mehr benutzt werden können.«

»Oder es sollte niemand mehr aufs Boot kommen«, bemerkte Alice. »Vielleicht, weil dort etwas war, das keiner sehen durfte.«

»Also, wenn Sie als Kommissarin das sagen ...«

Das folgende Stündchen verwendeten Alice und ihre Gesellschaft von Lästermäulern darauf, sich den Mund fusselig zu reden, um das Geschehen möglichst plausibel darzustellen.

Die zentrale Hypothese setzte bei dem Fest an, mit dem der Aufstieg des AC Pisa gefeiert worden war: einem Fest bei Rechtsanwalt Rossi, dessen Haus auf den Golfo del Saracino hinausging und an dem offensichtlich eine Reihe von Gästen teilgenommen hatte, darunter Olga. Olga, die ums Leben gekommen war, man weiß nicht, ob durch ein Missgeschick oder durch böse Absicht, jedenfalls durch den Verzehr von Milch. Hier gingen die Meinungen auseinander. Der Kommissarin zufolge musste eine Ukrainerin wissen, dass sie auf Milch und Molkereiprodukte allergisch war, die Vorstellung eines zufälligen Verzehrs war abwegig. Ein Mensch, der weiß, dass er eine potenziell tödliche Allergie gegen ein derart gängiges Lebensmittel hat, passt genau auf, was er zu sich nimmt.

Nun standen der oder die Mörder mit einer Leiche da, was selbst im Rahmen einer rauschenden Aufstiegsparty aus dem Rahmen fällt, und so entschlossen sie sich, mit dem Boot von Rossis Sohn aufs Meer hinauszufahren und den Leichnam zu versenken.

Welcher jedoch von der Strömung an den Strand zurückgetragen und dort gefunden wurde. Allerdings gab es da noch Leute, die womöglich mehr über Olgas Ende wussten, als sie sollten.

Zunächst einmal Marino, der offenbar mit dem Angebot einer erstklassigen anwaltlichen Vertretung bestochen worden war.

Und dann vielleicht noch die Ukrainerinnen.

»Wir sind uns ja alle einig, dass die Ukrainerinnen die Wände beschmiert haben, weil sie die Aufmerksamkeit auf das Haus von Rechtsanwalt Rossi lenken wollten, oder?«

Nein, da waren sich nicht alle einig.

Aus Sicht der Kommissarin hatten die Sprüche an den Wänden einzig und allein den Zweck gehabt, auf das Haus hinzuweisen. Die Ukrainerinnen hatten diese kuriose Methode ersonnen, um sich nicht persönlich an die Polizei wenden zu müssen, da viele von ihnen nicht legal im Land waren.

Aus Aldos Sicht, die sich wie gehabt auf die Bibel bezog, sollten die Schmierereien kenntlich machen, dass die Söhne von Rechtsanwalt Rossi die Schuldigen seien. In der Tat stand geschrieben, dass dort, wo die Türstöcke nicht rot bemalt wären, die Kinder der Bewohner bestraft werden sollten. Ampelio forderte Aldo mit seiner üblichen Gewandtheit auf, sich die Heilige Schrift an einen schwer lästerlichen Ort zu schieben, wo sie nicht minder schwer Platz finden würde, es sei denn in gerollter Form. Massimo machte die schlüssigere Bemerkung, dass es, wenn man die Bibelstelle wörtlich nehme, nur einen weiblichen Schuldigen geben könne, nämlich die erstgeborene Tochter, die sich zurzeit in London aufhielt. Aldo wandte ein, der Erstgeborene in der Bibel sei stets ein männlicher Erstgeborener gewesen und die Frauen damals so viel wert wie das Vieh, und Rimediotti gab ein frequenzmoduliertes Röcheln von sich, das die Kommissarin als »Saubere Zeiten sind das« deutete, womit das ursprüngliche Ziel der Diskussion für einige Minuten aus dem Blick geriet.

»Die Lösung, die ich vorschlage, ist folgende«, sagte Alice. »Wir wenden uns direkt an die ukrainische Gemeinde. Ich kann das nicht offiziell machen, weil der Fall, wie Sie wissen, nicht in meine Zuständigkeit fällt. Ich habe bereits einiges riskiert, indem ich Marino einbestellt habe, er hätte sich auch einfach weigern können, eine Aussage zu machen. Ich glaube ja, er hat das nur deshalb nicht getan, damit ich nicht weiter Verdacht schöpfe. Ermitteln kann ich nur wegen der Sachbeschädigung an den Häusern. Daher möchte ich Sie bitten, nochmals mit dem Genossen Mastrapasqua in Verbindung zu treten. Aldo, wären Sie so gut, mit Mastrapasqua in den Park zu gehen?«

»Ha, wieso nur er?«

»Lass mich raten«, schaltete sich Massimo ein. »Erstens, weil das Ganze diskret ablaufen soll. Wenn ihr zu fünft dort aufkreuzt, könnte man auch gleich ein Orchester auftreten lassen. Zweitens, weil Aldo gute Manieren hat und Vertrauen erweckt.«

»Ach was, Pilade erweckt auch Vertrauen«, widersprach Ampelio. »Wenn du den anschaust, denkst du sofort: Bei dem muss man gut essen.«

»Stimmt. Dir hingegen würde nicht mal ein buddhistischer Mönch trauen. Und Rimediotti in der Tom-Waits-Version würde ich diesmal, wenn du gestattest, auf der Auswechselbank lassen.«

»Das entscheidest nicht du«, sagte Ampelio herausfordernd. »Das entscheidet die Signora Vicequestore und nicht irgendein Barbesitzer.«

»Ja, Ampelio.« Alice seufzte. »Aber in diesem Fall hat der Barbesitzer recht. Hier geht es um Diskretion und Fingerspitzengefühl. Wir müssen den Ukrainerinnen vermitteln, dass ihre Botschaft angekommen ist und sie uns vertrauen können. Das erfordert ein gewandtes und taktvolles Vorgehen, jetzt ist Diplomatie gefragt. Wenn es an die Revolution geht, fahren wir die Panzer auf.«

Ampelio zog ein enttäuschtes Gesicht.

»Das höre ich jetzt seit sechzig Jahren, Signorina. An das Märchen glaube ich nicht mehr.«

Elf und was dazu

»Mach mir zwei Tartar, das Risotto für Nr. 6 wartet noch.« Tiziana schob sich hüftwiegend am Herd vorbei und pinnte die Bestellungen an die Korkwand. »Nr. 9 will das Tartar als zweiten Gang statt als Vorspeise.«

»Dann machen wir's als zweiten Gang«, bestätigte Tavolone, ohne den Blick von den Tellern zu wenden, die er gerade anrichtete.

Einer der spektakulärsten Kontraste in einem Restaurant ist der Unterschied zwischen Gaststube und Küche.

Je ruhiger, eleganter, raffinierter und gemütlicher es im Gastraum zugeht, desto chaotischer, lauter, angespannter und hysterischer ist es in der Küche; um das Scampi-Tartar auf geröstetem Guttiau-Brot mit Caraglio-Knoblauch-Öl herzustellen, das Sie in einem Sternerestaurant auf einem Porzellanteller serviert bekommen, auf den Händen eines apollogleichen Kellners dahinfliegend, als wäre es mit aller Liebe daraufgelegt worden, die man sich nur denken kann, braucht es durchschnittlich sechs Flüche, zwei Brandwunden, den Austausch eines angeschlagenen Tellers und die wiederholte Anregung des Maître an den Chef de Partie, sich doch einen ordentlichen Nachnamen zuzulegen.

Wenn Sie also wissen möchten, wie es um die Küche steht, lassen Sie Ihren Blick durch den Gastraum schweifen, und stellen Sie sich das Gegenteil vor. Geht man von dieser Maxime sowie davon aus, dass in der Gaststube Tiziana bedient, wird man sich unschwer ein Bild von Natascha machen können.

»Und jetzt, Natascha, wüsste ich gerne, ob Sie eine der beiden Personen erkennen, die Sie gleich hören werden.« Alice stellte das Smartphone vor sich auf den Tisch.

Zum wiederholten Mal schien die junge Frau zu zögern.

Alice musste die Hände in die Taschen stecken, um der Versuchung zu widerstehen, an ihren Fingernägeln zu kauen.

Es war ihr gelungen, bei dem Dienstleister, über den sich Anrufe mitschneiden ließen, auf Olgas Account zuzugreifen und die Bewegungsdaten ihrer Nummer zu erhalten. Was sie da auf dem Handy hatte, war die Aufnahme des letzten Anrufs von Olgas Mobiltelefon.

Aufgenommen um halb neun, einer Uhrzeit, die zum Todeszeitpunkt passte.

Schätzchen, ich habe für deine Unentschlossenheit keine Zeit.

»Wie ich schon sagte, ist das hier nur eine halb offizielle Anfrage«, sagte Alice und versuchte, etwas Schmeichelndes in ihre Stimme zu legen. »Ich werde Sie in keinem Moment bitten, diese Stimme vor Gericht zu identifizieren, wahrscheinlich wäre Ihre Aussage ohnehin nicht verwertbar. Das wäre ein Risiko für mich und für Sie ebenso. Es geht nur darum, eine Möglichkeit auszuschließen.«

Dann begann sie, ohne Natascha die Zeit zu weiterem Nachdenken zu geben, die Aufnahme abzuspielen. Zu hören war ein kurzer Austausch zwischen zwei Frauen in einer slawischen Sprache – naheliegenderweise auf Ukrainisch –, an dessen Ende sich die beiden voneinander verabschiedeten.

»Und, erkennen Sie jemanden?«, fragte Alice fast unmittelbar danach.

»Ja, alle beide«, sagte Natascha mit einer wundervollen, weichen und melodischen Stimme. Das kam dermaßen unerwartet, dass auch die Kommissarin für einen Augenblick überrascht war. Dann fragte sie weiter:

»Und um wen handelt es sich Ihrer Meinung nach?«

»Die eine, die angerufen wird, das ist Olga. Olga Harasemchuk«, sagte sie. Und tanzte dabei so geschmeidig über die Konsonanten, dass es kaum derselbe Name zu sein schien.

»Und die andere?«

»Die andere ist Svetja. Svetlana Blochin. Ich kenne sie gut, sie arbeitet bei Western Union.«

»Was sagen sie?«

»Nichts Wichtiges. Svetja fragt, ob Olga zu dem Fest geht, Olga sagt Nein. Svetja fragt, ob sie zu ihr kommen will, damit sie nicht allein ist, und Olga sagt, sie ist müde und geht lieber nach Hause.«

Alice nickte langsam und steckte ihr Mobiltelefon wieder ein.

Sie geht lieber nach Hause.

Und ja, um diese Zeit – um neun Uhr abends – war Olgas Mobiltelefon gemäß den Bewegungsdaten in einer Funkzelle nahe Olgas Haus eingewählt gewesen, in der Via delle Ortensie. Und Olga war ans Telefon gegangen, also hatte sie es bei sich gehabt.

Damit waren beide mehrere Kilometer weit von der Passeggiata del Saracino entfernt gewesen – und der Villa von Rechtsanwalt Rossi.

Der die Ermittlungen durch die Eingangstür betreten hatte und sie jetzt durchs Fenster wieder verließ.

Halb zwölf.

Der Tag war fast vorbei.

Ein langer Tag, kompliziert und nicht frei von Spannung.

Einer Spannung, die Massimo auf die gewohnte Weise loszuwerden versuchte: indem er mit sich selber sprach. So wie er es immer tat, um besser zu verstehen. Denn was Massimo angespannt und unzufrieden machte, war, dass er aus der Sache nicht schlau wurde.

»Also gut. Aldo und Mastrapasqua gehen zu den Ukrainerinnen. Sie sagen Guten Tag, sagen, dass ihre Botschaft angekommen ist und man verstanden hat: Rechtsanwalt Rossi und/oder seine Söhne sind – einzeln oder alle zusammen – in die Sache verwickelt, und die Ukrainerinnen nicken und sagen *da, da,* genau.«

Massimo hatte sich in sein Auto gesetzt und ging noch einmal durch, was er im Tagesverlauf erzählt bekommen hatte. Ja, im Auto. Bei Dunkelheit durch den Pinienwald zu laufen, kam nicht infrage, sein letzter derartiger Spaziergang hatte am Tag stattgefunden und ihn ein Kreuzband gekostet. Daran, im Lokal Selbstgespräche zu führen, war erst recht nicht zu denken, ein paarmal war ihm das unterlaufen, wenn er sich auf die Toilette zurückgezogen hatte, und da hatten ihn die anderen stundenlang auf die Schippe genommen. Die Sprüche ein weiteres Mal hören zu müssen, das wollte er sich gerne ersparen: »Mensch, Massimo, warum redest du mit der Klospülung, du hast doch eine Spülerin in der Küche?«

»Dann sagen sie den Damen, dass sie reden, dass sie

doch bitte erzählen sollen, was sie wissen, aber die Ukrainerinnen ziehen nicht mit. Wir reden erst, sagen sie, wenn Evgenij verhaftet ist. Aldo erklärt ihnen, dass Evgenij gar nichts mit der Sache zu tun hat, man weiß noch nicht mal, wo er sich aufhält, worauf wiederum die Ukrainerinnen antworten: Wir wissen, wo er ist, der ist hier in der Gegend, wir sagen euch, wo und wie ihr ihn finden könnt, aber die Polizei muss ihn festnehmen, dann reden wir.«

So weit, was Aldo und der Genosse M. vernommen hatten. Zu ihrem nicht geringen Erstaunen.

»Alice sagt, wenn Evgenij nicht gegen seine Auflagen verstoßen hat, dann kann man ihn nicht festnehmen. Und selbst wenn er gegen die Auflagen verstoßen hätte, könnte sie ihn allenfalls unter Hausarrest stellen. Aber wie findet man heraus, ob er sich Olga genähert hat? Wenn es uns diejenigen, die Bescheid wissen, nicht sagen, haben wir ein Problem. Auf Olgas Telefon sind keine Anrufe von Evgenij eingegangen, wenigstens nicht in den letzten Tagen. Warum haben diese Tanten Evgenij so auf dem Kieker, verdammt?«

Massimo ließ das Fenster herunter und warf seinen Kaugummi auf den Gehsteig, dann schloss er es wieder. Ja, das ist eine Sauerei. Wenn Massimo sich konzentriert, lässt sich da leider nichts machen, da ist er ein bisschen ein Ferkel.

Zusammengefasst: Das Opfer, eine wirklich tüchtige junge Frau, die allerdings Koks schnupfte wie ein Mittelfeldspieler, ist an einer Überdosis Milch gestorben. Das wäre ja zum Lachen, wenn es keine Tragödie wäre. Zu Lebzeiten hat sie der Ex-Mann verprügelt, den sie ordnungsgemäß angezeigt hat. Ihre Armutskolleginnen haben so gut wie zugegeben, dass die Sauerei, dass der Mord im Haus von Rechtsanwalt Rossi stattgefunden hat, aber sie wollen partout Evgenij hinter Gittern sehen, bevor sie uns alles erzählen, was sie wissen. Allerdings war sie zum Zeitpunkt ihres Todes zu Hause oder an einem nahe gelegenen Ort. Sie war ganz sicher nicht im Haus von Rechtsanwalt Rossi, wo sich halb Pisa versammelt hatte. Logische Schlussfolgerung: Ich verstehe nur Bahnhof. Na, dann ab ins Restaurant, das wird das Beste sein. Hören wir uns mal an, wozu sich der andere Verkalkte entschlossen hat. Das eine oder das andere wird sich schon klären.

»So, Massimo, ich habe die Lösung«, sagte Aldo, nachdem er es sich ordentlich bequem gemacht hatte. »Ich hab's mir in den letzten zwei Tagen überlegt, und ich glaube wirklich, das ist es.«

»Sehr schön. Dann sag mal als Erstes: Wie sähe die Aufteilung aus?«

»Fünfzig-fünfzig. Das fände ich am besten.«

»Vielleicht haben wir uns missverstanden, Aldo. Mit welchem Anteil soll Tiziana einsteigen?«

»Ja, mit fünfzig Prozent. Meinen fünfzig Prozent.«

»Aldo, ich weiß nicht, ob ich das verstehen will.«

»Solltest du aber, glaube ich.« Mit einem langen Seufzer ließ sich Aldo gegen die Lehne sinken. »Massimo, ich bin alt. Ich bin nicht jung geblieben oder erfahren, aber doch immer noch nützlich. Ich bin alt. Ich vergesse Dinge. Weißt du, in meinem Alter hat man, wenn man in einem Restaurant arbeitet, zwei erhebliche Probleme: Erstens lässt das Kurzzeitgedächtnis nach, und zweitens – und das ist noch um einiges gravierender – lässt das Kurzzeitgedächtnis nach. Ich wäre doch nur noch hinderlich. Mein Großvater hat immer gesagt, es hätte sich kein Sterbender beklagt, dass er zu wenig gearbeitet habe. Na ja, so langsam kann ich seinen Standpunkt verstehen.«

Massimo spürte, wie er einen Kloß im Hals bekam.

Bis zu diesem Augenblick hatte er Aldos Anwesenheit im Bocacito nur in ihren negativen Aspekten erfasst.

Die Fehler bei den Bestellungen.

Die CDs in der Stereoanlage, die einzig und allein Barock- oder späte Renaissancemusik lieferten.

Die CDs im Spülbecken, tonlos, aber ebenso lästig.

Die Lieferanten, die zweimal lieferten oder auch gar nicht.

Aber er hatte nicht in Betracht gezogen, was für ein Genuss es war, Aldo zuzuhören.

Aldo, der die Speisekarte präsentierte, und für jedes Gericht hatte er eine Geschichte parat, jeden Abend eine neue, aber immer die gleiche für jeden neuen Menschen, der ihm in seiner Erzählung folgte.

Ob ein Prinz ins Lokal kam oder zwei frisch Verliebte, ein tätowierter Proll oder eine Gruppe alter Jungfern, die einmal im Jahr essen gingen, Aldo gab jedem von ihnen das Gefühl, hofiert zu werden.

Diese Kunst beherrschte Tiziana noch nicht.

Massimo würde sie niemals lernen.

»Aldo, ich glaube kaum, dass Tiziana Geld genug hat, um deinen Anteil zu übernehmen.«

»Da sehe ich kein Problem. Das Geld leihe ich ihr.«

Aldo steckte sich die Zigarette an, die er höchstselbst aus Massimos Tasche stibitzt hatte, schließlich hat das Lokal jetzt geschlossen, und Bußgelder treffen bald nicht mehr mich. Dazu schüttelte er den Kopf, wie um zu sagen, dass es wirklich keinen Anlass gebe, sich Sorgen zu machen.

»Wem soll ich mein Geld denn vererben? Ich bin verwitwet und habe keine Kinder. Tavolone, so sehr ich ihn schätze, bekommt schon ein üppiges Gehalt. Meinen übrigen Freunden, fürchte ich, bliebe gegebenenfalls wenig Zeit, um das Erbe durchzubringen, da klopfe ich, mit Verlaub, auf Holz. Nein, die Sache wird ordnungsgemäß durchgeführt, beim Notar. Ohne große Belastungen, da findet sich ein Weg. Ich habe nur zwei Bedingungen.«

Aldo hob den Zeigefinger himmelwärts.

»Erstens: keine Drecksmusik in meinem Lokal, solange ich lebe und, wenn es geht, auch danach. Die Beatles kann ich womöglich noch aushalten, aber wenn ich auch nur ein einziges Mal den Kommerzscheiß ins Ohr bekomme, den du sonst hörst, dann nehme ich alles wieder zurück.«

»Angenommen.«

Aldo streckte den Mittelfinger aus, sodass er mit dem Zeigefinger einen spitzen Winkel bildete.

»Zweitens: Marchino setzt keinen Fuß ins Restaurant. Marchino bleibt schön in der Bar bei den anderen Rüpeln seines Schlages, da kann er von mir aus den besagten musikalischen Dünnpfiff hören, während er versucht, mit dem Shaker ein paar Leute zu enthaupten.«

»Sprich, der gute Massimo bekommt das alles ab. Dann musst du mir aber auch eine Bedingung zugestehen.«

»Lass hören!«

»Wenn Aldo mal abends nichts zu tun hat, kommt er ins Restaurant, um den Gästen etwas darüber zu erzählen, was sie da essen und warum es ihnen schmecken sollte.«

Und diesmal fiel Aldos Lächeln um einiges aufrichtiger aus.

Ein Restaurant vor der Öffnung ist, wie wir am Anfang des Kapitels sagten, nicht der Gipfel der Gemütlichkeit. Restaurants nach der Sperrstunde hingegen gehören zu den gastfreundlichsten Orten der Welt.

Besonders, wenn man mit dem Inhaber ein Herz und eine Seele ist und sich gerade eine Carbonara di Pesce gegönnt hat, exklusiv zubereitet vom Koch.

»Weißt du, Massimo, was mich am meisten schreckt, ist die Aussicht, von außen bestimmt zu werden«, sagte Aldo, während er die Gabel auf den Teller legte, die Zinken nach unten. »Dass mir vorgegeben werden könnte, was ich zu tun und zu lassen habe. Ich bin frei geboren, ich habe frei gelebt, und ich will die Zeit, die ich noch habe, rundum in Freiheit verbringen.«

»Und da hast du Angst vor mir und Tiziana?«

»Vor dir nicht. Vor Tiziana schon.«

Massimo kicherte. »Ich hätte auch gern Angst vor Tiziana.«

»Ja, das waren noch Zeiten. Sprich leiser, sonst schneidet dir die Signora Vicequestore die Eier ab.«

Massimo drehte sich instinktiv um. Nicht, dass er sich etwas vorzuwerfen gehabt hätte, aber man kann nie wissen.

»Ich habe gesehen, wie du dich verändert hast, seit Alice da ist, zum Guten, ja?«, fuhr Aldo unterdessen fort. »Aber denk daran: Einen dazu zu bringen, dass man Dinge tut, die man eigentlich nicht tun will, und dass man damit auch noch zufrieden ist, darin sind Frauen Spezialistinnen. Alle Frauen, nicht nur deine Freundin.«

»Ich glaube nicht, dass es so einfach ist, mich zu etwas zu bringen, das ich nicht will.«

»Ich rede hier nicht nur von Taten. Ich rede von Reaktionen, Gefühlen, Emotionen. Wenn man zu zweit lebt, denkt man anders. Und jeder ist dazu bereit, sich in seinen Entscheidungen, sagen wir mal, lenken zu lassen. Jeder.«

»Nochmal, ich glaube kaum, dass das bei mir so einfach ist.«

»Nein? Na gut. Wie wär's mit einem kleinen Zaubertrick?«

»Bitte, gerne.«

O ja, bitte, gerne. Wenn Aldo einen Satz Karten in die Hand bekam, war er ein wundervoller Taschenspieler. Als Kind hatte Massimo stundenlang verzaubert diesem Mann mit der tiefen Stimme gegenübergesessen, der sich nie ernst zu nehmen schien, hatte dessen Aufforderung befolgt: »Such dir eine Karte aus«, und dann gestaunt, wie Aldo den Herzkönig und seine Kollegen scheinbar gegen jedes Naturgesetz verstoßen ließ.

Dann war Massimo erwachsen geworden, Aldo war gealtert und hatte Arthritis bekommen, und der einzige Taschenspielertrick, den er noch öffentlich ausführte, bestand darin, Massimo eine Zigarette zu mopsen, was irgendwann mal dann auch nervt.

»Wir brauchen weder Karten noch sonst etwas. Es ist nur ein kleines Spiel. Wir machen einen Test zur Messung deiner empathischen Fähigkeiten. Bereit?«

»Ja, bereit.«

»Du betrittst einen Eisenwarenladen, du willst eine Schere kaufen, aber der Verkäufer ist taub. Was tust du?«

Was ist denn das für eine Frage?

Massimo mimte mit der Rechten das Schneiden mit einer Schere.

»Sehr gut. Du betrittst ein Zoogeschäft, um einen Hund zu kaufen, aber der Verkäufer ist blind. Was tust du?«

»Wau, wau!«

Aldo musterte Massimo streng.

»Massimo, der Verkäufer ist blind und nicht blöd.«

Während sich Massimos Pupillen weiteten, erklärte Aldo schmunzelnd:

»Unser Gehirn, Massimo, richtet sich nach einem schlichten Prinzip: Ist diese Situation bekannt? Wenn ja, suche ich in meinem geistigen Arsenal nach einem Mittel, um damit umzugehen. Aber unser Gehirn verfügt auch über eine gewisse, wie soll ich sagen, Beharrlichkeit. Wenn ich Schaltkreise verwendet habe, bleiben sie eine gewisse Zeit lang an. So kommt es, dass auch hochintelligente Menschen wie du eine dumme Antwort geben können, so wie du es eben getan hast. Es ist viel einfacher und energetisch sinnvoller, sich an das Offensichtliche zu halten, als nachzudenken. Den bequemen Weg zu wählen, anstatt zu reagieren. Das machen wir alle, der eine mehr, der andere weniger.«

Aldo stand von seinem Stuhl auf und begann, auf und ab zu gehen. So alt er auch werden mochte, diese Gewohnheit würde er niemals aufgeben.

»Denk nur an diese Kritzeleien an den Villen. Da stand etwas auf Italienisch, und zwar: Gott ist groß. Außerdem stand da etwas auf Arabisch, und es schien logisch, dass es dasselbe bedeutet.«

»Nein, das war nicht logisch. Das war nur die naheliegende Lösung.«

»Na eben. Weißt du noch, was du neulich über O.J. Simpson und den Fall dieser armen jungen Frau gesagt hast? Die naheliegende Lösung ist, dass der Mann der Täter war, aber es ist nicht der Mann gewesen. Nicht immer trifft die naheliegende Lösung zu. Aber das Hirn, dieses faule Organ, nimmt sich nicht die Zeit, genauer nachzuden… Massimo?«

Massimo antwortete nicht.

Das Haupt über den Teller gebeugt, hatte er angefangen, die Gabel rauf und runter baumeln zu lassen, langsam, als schlüge er den Takt für ein unsichtbares Orchester.

Ob es nun da war oder nicht, Massimo hielt die Augen geschlossen.

Etwa zwanzig, dreißig Sekunden vergingen. Danach schlug Massimo die Augen auf.

»Gut. Aldo, du wirst das nicht gern hören, aber dich hat der Himmel geschickt.«

»Wenn die auf mich setzen, sind sie aufgeschmissen. Wo gehst du hin?«

»Heim zu Alice. Ich glaube, ich habe verstanden, was Olga passiert ist.«

Ich hab's verstanden, ich hab's verstanden.

Teufel, zittern mir die Hände!

Daran gewöhne ich mich nie.

Liebster Massimo

Vergiss die Liste, die brauchen wir nicht mehr.
Heute 23:57

Ich habe verstanden, was Olga passiert ist.
Heute 23:58

Massimo was sagst du
Heute 23:58

Ich bin gleich zu Hause, dann sage ich's dir.
Heute 23:58

Sag's mir jetzt
Heute 23:59

Zu Hause.
Heute 23:59

Gib mir wenigstens einen Tipp verdammt
Heute 00:00

Was haben Vieri, Simeone und Ronaldo gemeinsam?
Heute 00:00

Was weiß ich
Heute 00:00

Willst du mich verarschen?
Heute 00:00

Ich meine das ganz ernst.
Heute 00:00

Waren alle drei bei Inter
Heute 00:00

Das ist die einfachste Antwort.
Aber nicht die, die wir brauchen.
Heute 00:01

Na, einen Anruf nach Mailand musst du sowieso machen.
Heute 00:01

SPUCKSAUS
Heute 00:01

Wenn ich zu Hause bin.
Heute 00:01

Du Mistkerl
Heute 00:01

Du Halbanalphabetin.
Wo sind deine Satzzeichen?
Wir sehen uns gleich daheim.
Heute 00:02

Ich weiß nicht ob ich dich reinlasse
Heute 00:02

Drei Tage vor zwölf

»So, die Ermittlungen können jetzt offiziell weitergehen. Wir haben gerade die Bestätigung von den Kollegen in Mailand reinbekommen. Und da das Delikt in meiner Anwesenheit begangen wurde, bin ich autorisiert zu ermitteln.«

Alice drehte sich zu Aldo um.

»Aldo, Sie sagten gestern, Rossis Sohn Matteo sei ein leidenschaftlicher Gourmet. Hat er oft über Restaurants gesprochen?«

»Gelegentlich. Ich weiß, wo seine Vorlieben liegen.«

»Gut. Ich bräuchte eine Liste der Restaurants in der Toskana, in denen er essen gewesen sein könnte.«

»Da fallen mir gut hundert ein.«

»Kein Problem. Darum soll sich Pardini kümmern. Wie lange würde das mit der Liste dauern?«

»Wenn jemand anders schreibt, zehn Minuten.«

»Gut. Sehr gut.«

Alice ließ den Blick in die Runde schweifen wie ein General, der im Begriff steht, der Truppe seine Anerkennung auszusprechen. Und genau das sollte auch gleich passieren. Nur dass der General dreißig Jahre alt war und die Mitglieder der Truppe achtzig plus. Massimo in seiner Eigenschaft als Ordonnanz hielt Ordnung hinter dem Tresen.

»Die Seeschlacht beginnt, meine Herren. Ich danke Ihnen für die geleistete Unterstützung, das war ganz entscheidend. Ohne Sie hätten wir nicht einmal gemerkt, welches Delikt begangen wurde. Von jetzt an muss ich Sie allerdings bitten, dass Sie die Polizei ihre Arbeit tun lassen und sich Ihren eigenen Angelegenheiten zuwenden. Sind wir da auf einer Linie?«

»Ja, sind wir.«

»Allmächtiger, das sind wir.«

»Shhhind-wirrr.«

»Gut.« Alice atmete laut aus. »Massimo, noch einen Cappuccino, bitte. Ich fürchte, heute werde ich nichts anderes zu mir nehmen.«

»Entschuldigen Sie, aber ich habe da was nicht verstanden«, sagte Pilade und reckte nicht ohne eine gewisse Anstrengung den Finger. »Wozu brauchen Sie die Liste mit den Restaurants?«

»Um festzustellen, ob Rossi und Olga einmal zusammen zu Abend gegessen haben.«

»Aber wenn sie zusammen waren, ist doch klar, dass Rossis Sohn …«

»Ich meine nicht Matteo Rossi.«

Zwölf

»Matteo Rossi, geboren in Pisa am 13. Oktober 1990, richtig?«

»Ja. Richtig.«

Ein junger Mann, wie es sie haufenweise gab. Poloshirt von Ralph Lauren, Jeans, kurze Haare, Brille. Die gepflegten, schmalen Hände eines Studenten. Hände, die immer wieder über die Jeans strichen und doch schweißnass blieben, keine Chance.

Drei Tage waren vergangen, seit Alice das Startsignal zu ihrer höchstpersönlichen Seeschlacht gegen Matteo Rossi gegeben hatte.

Drei grundbeschissene Tage bei maximaler Nervosität, drei Tage intensiver Suche nach einer schwarzen Katze in einem dunklen Raum, ohne überhaupt zu wissen, ob sich die Katze in diesem Raum befand.

»Also, Matteo, wir veranstalten ein kleines Gewinnspiel. Wofür möchten Sie lieber vor Gericht kommen? Strafvereitelung durch Verbergen einer Leiche oder Mord?«

Matteo zwang sich zu lächeln. Ein Lächeln, so überzeugend wie ein Skiprofi aus Brasilien.

»Ich verstehe nicht, was Sie meinen.«

»Dann erkläre ich es Ihnen genauer. Olga Harasemchuk, vierundzwanzig Jahre alt, ukrainische Staatsbürgerin, deren Leiche am 24. April am Strand gefunden wurde. Wissen Sie, wer das war?«

»Ja.«

»Eine flüchtige Bekannte? Eine Freundin? Oder etwas mehr?«

»Etwas mehr. Wir … wir waren zusammen.«

»Eine richtige Beziehung?«

»Nein, nein. Nur eine kurze Geschichte. Also, ich mochte sie schon sehr. Aber dann hat sich herausgestellt, dass sie Probleme hatte. Und mein Vater …«

»Ihr Vater fand heraus, dass die junge Frau Angewohnheiten hatte, die ihm missfielen.«

»Ja.«

»Und riet Ihnen, den Kontakt zu ihr abzubrechen.«

»Wenn man das einen Rat nennen möchte …«

»Olga gefiel Ihrem Vater also kein bisschen?«

»Nein, ich glaube nicht. Im Nachhinein kann ich ihm keinen Vorwurf machen …«

»Dann ist Ihr Vater wohl wirklich ein herzensguter Mensch.«

»Was?«

»Nun, er war mit dieser Person, die ihm kein bisschen gefiel, beim Abendessen, beispielsweise bei Caino in Montemerano. Zusammen mit Ihnen und Ihrer Mutter. Wir haben den Kellnern Fotos von Ihnen beiden gezeigt und gefragt, ob Sie vielleicht zusammen dort gesehen worden seien. Anscheinend ja. In einem Lokal, wo das Degustationsmenü hundertzwanzig Euro kostet, na, Ihr Vater wird sich daran erinnern, er hat mit Kreditkarte gezahlt.«

Denn irgendwann war Pardini darüber gestolpert – über die schwarze Katze. Caino in Montemerano. Ein Ort, den die Kommissarin bis dato nur aus dem Gambero Rosso kannte.

»Und das war also Ihre Freundin, die ihm kein bisschen gefiel? Was tut er dann erst für Ihre Kumpels?«

»Hier liegt ein Irrtum vor. Ich war nicht mit dieser Olga, von der Sie ...«

»Mit wem dann?«

Ein Adamsapfel wanderte auf und nieder.

»Mit einer Freundin von mir.«

»Sehr schön.« Alice legte dem jungen Mann Kladde und Stift vor die Nase. »Name, Nachname, Adresse. Danke!«

»Aber sie ist verheiratet.«

»Auch Eheleute haben einen festen Wohnsitz.«

Danke, Massimo, so ein Satz wäre mir nie von allein eingefallen, aber seit wir uns kennen, bringe ich die böse Polizistin ziemlich gut rüber.

»Ihre Familie ist schon merkwürdig. Sie unternehmen so viel zusammen. Ich kenne nicht viele Leute, die mit einer verheirateten Freundin ausgehen und dazu Papa und Mama mitnehmen.« Alice wartete einen Augenblick, um noch tiefer zu bohren. »Und wenn dann erst Ihr Bruder dabei ist, nicht wahr? Was treibt ihr denn so, ihr zwei Brüder?«

Der junge Mann blieb stumm.

»Soll ich sagen, was ihr so treibt? Ihr schmeißt rauschende Partys. Wie beim Aufstieg des AC Pisa, nicht wahr?«

»Das war nicht ich. Das war mein Bruder.«

»Was war er? Was hat er getan? Die Party organisiert oder jemanden um...«

»Ich habe niemanden umgebracht! Niemand hat jemanden umgebracht!«

»Und wie ist die junge Frau dann gestorben?«

»Das war ein Unfall.« Der junge Mann zog die Nase hoch. »Ich war nicht dabei, aber es war ein Unfall.«

»Ein Unfall. Verstehe. Und dass ihr sie dann aufs Boot verfrachtet und ins Meer geworfen habt, das war auch ein Unfall, ja?«

»Das war nicht meine Idee!«

Jetzt bot es sich an, die gute Polizistin zu spielen.

»Ich weiß. Das weiß ich doch. Sie wollten nur helfen, nicht wahr?«

Nachdem sie den Satz mit der größtmöglichen Sanftheit ausgesprochen hatte, erhob sie sich vom Tisch.

Alice mochte es gar nicht, wenn Erwachsene zu heulen anfingen.

Matteo Rossi hatte in Tränen den Raum verlassen.

Mirko Rossi dagegen schien nicht der Typ für Tränen. Besonders wenn sein Vater neben ihm saß und daneben ein zweiter Anwalt, den der Vater eigens hinzugezogen hatte.

»Haben Sie Beweise für das, was Sie da reden?«

»Beweise? Nun ja, da hätten wir die Haare, die auf dem Boot Ihres Sohnes gesichert wurden. Es sind die Haare einer Frau.«

Der Sohn, Mirko, lachte auf.

»Und die sollen von Olga sein, ja?«, sagte er im abschätzigen Ton dessen, dem ein Renneinhorn zum Kauf angeboten wird. »Ersparen Sie sich die Peinlichkeit, Signora Vicequestore. Es ist völlig unmöglich, dass die Haare von Signorina …«

Sei still, du Idiot!, sagten die Augen des Vaters. Und der Sohn senkte den Blick.

»Wir alle bedauern den Tod von Signora Harasemchuk, Signora Vicequestore«, begann Rossi senior. »Was uns nicht einleuchtet …«

»Hören Sie auf, über die Tote zu reden, als handelte es sich um eine Referendarin in Ihrer Kanzlei«, erwiderte Alice in hartem Ton. »Olga Harasemchuk hatte eine Geschichte mit Ihrem Sohn Matteo, das wissen wir. Und Sie hatten mitnichten eine schlechte Meinung von ihr. Im Gegenteil, sie gefiel Ihnen ganz ausgezeichnet.«

Da verlor Rossi senior endlich die Fassung.

»Erlauben Sie sich nicht, anzudeuten ...«

»Ich spreche nicht von ihr als Frau«, sagte Alice, während sie mit schmalen Lippen den Kopf wiegte. »Ich spreche von ihr als Person. Ich habe zu keinem Zeitpunkt geglaubt, Sie hätten sie ausnutzen wollen. Und selbst wenn das der Fall gewesen wäre, könnte ich es schwerlich beweisen.«

Rechtsanwalt Rossi wurde wieder zum Anwalt. Er bemerkte, dass er sich unwillkürlich in Richtung der Kommissarin gebeugt hatte, und da richtete er sich auf und setzte sich auf dem Stuhl zurecht.

»Ja, reden wir doch über Beweise. Bis jetzt hatten wir es von Restaurants. Sie sagen, es wäre schwer zu beweisen, dass ich in irgendeiner Beziehung zu Olga gestanden hätte, und da haben Sie recht. Wenn Sie Wert auf meine Meinung als Anwalt legen – der Versuch zu beweisen, dass jemand Olga in meinem Haus umgebracht haben soll, wäre völlig aussichtslos.«

»Ich weiß.«

»Ach ja?«

Rechtsanwalt Terracenere hob eine Augenbraue. Wäre er in Alices Blickfeld gewesen, so hätte sie das sicherlich irritiert, sie selbst konnte das nämlich nicht.

Doch Alices Blick war in diesem Moment auf Rechtsanwalt Rossi geheftet.

»Ich habe keinerlei Absicht, Ihnen den Mord an Olga Harasemchuk anzulasten.«

Warum schien das den Rechtsanwalt eher nervös zu machen als zu beruhigen?

»Ich habe die Absicht, Ihnen den Mord an Sharon Pigliacelli anzulasten, einer Studentin aus Brisbane, die in Mailand eine Modedesignschule besuchte. Sie wurde am vergangenen Freitagabend in Mailand zum letzten Mal lebend gesehen.«

So, da haben wir's.

»Und wer soll das sein, diese Sharon Pigliacelli?«, fragte Rechtsanwalt Terracenere, offenkundig der Einzige in dem Trio, der imstande war, eine gewisse Gelassenheit zu bewahren.

Bei den beiden anderen hingegen hatte sich unverkennbar etwas verändert: in puncto Auftreten, in puncto Haltung, in puncto Farbe.

»Eine australische Designstudentin, wie ich schon sagte, sie lebte in Mailand. Sehen Sie, ich habe mit einigen ihrer Mitstudenten an der Modeschule gesprochen und Informationen eingeholt. Und wissen Sie, was sich herausgestellt hat?«

Anwalt Terracenere sah seine Mandanten an. Was er auf ihren Gesichtern las, schien ihm nicht zu gefallen. Er wandte sich wieder der Kommissarin zu.

»Lassen Sie hören«, sagte er nach einigen Sekunden.

»Es hat sich herausgestellt, dass Sharon ein ziemlich auffälliges Tattoo hatte. Ein Tribal Tattoo auf dem Gesäß in Form eines Pfeils. Erinnert Sie das vielleicht an etwas?«

Da war es, das Detail.

Das Detail, das Alice von Anfang an nicht hatte einordnen können, das, was ihr vom ersten Augenblick an nicht gepasst hatte.

Ein Tribal Tattoo. An einer jungen Ukrainerin.

In der Ukraine sind Tribal Tattoos nicht sehr beliebt. Sie sind nämlich nicht bunt. Ukrainische Tattoos sind, wie die russischen auch, eine protzige Angelegenheit. Kunstvolle, barocke Explosionen in Rot und Grün, Schultern mit Spitzenbesatz in drei verschiedenen Farben, Rücken wie Kirchenfenster.

Alice hatte in den letzten Jahren einiges an ukrainischen und russischen Tattoos gesehen. In der Regel bei der Festnahme der jeweiligen fleischlichen Unterlage. Und sie hatte noch nie eines mit weniger als zwei Farben gesehen.

Eine Ukrainerin würde sich nie ein Tribal stechen lassen, hatte Alice gedacht. Das wäre ihr zu banal.

Rechtsanwalt Rossi hob den Kopf, mit schiefem Blick.

»Ich habe die Tote nicht identifiziert …«

»Ja, richtig. Das war ein gewisser Mariano Marino, der wenige Stunden vor Ihrer Einvernahme von mir befragt worden ist, und das in Anwesenheit Ihres Kollegen Avvocato Malaspina. Auf Malaspinas Anraten hat Marino gestanden, er sei von Ihnen beauftragt worden, die am Strand gefundene Frauenleiche zu identifizieren. Marino sollte aussagen, was er tatsächlich ausgesagt hat: dass die Leiche die von Olga Harasemchuk sei, der Pflegerin seiner Mutter. Im Gegenzug wurde Marino die kostenlose anwaltliche Vertretung durch Ihre Kanzlei sowie eine angemessene Geldsumme zugesagt.«

Alice erhob sich von ihrem Stuhl, trat ans Fenster und

blickte hinaus. Nach einer kurzen Weile drehte sie sich um und sah Rechtsanwalt Terracenere an, ohne den anderen auch nur die geringste Beachtung zu schenken, als handelte es sich um zwei x-beliebige Herr Rossis.

»Nun lassen Sie mal hören, Signor Avvocato: Soll ich Ihren Mandanten einen Mord anlasten oder nur das Verbergen der Leiche, Falschaussagen und schwere Bestechung?«

Rechtsanwalt Terracenere erhob sich seinerseits.

»Also gut, Signora Vicequestore. Ich muss Sie um Erlaubnis bitten, mich unter vier Augen mit meinen Mandanten zu besprechen.«

»Ja, das wäre wohl angebracht.«

Epilog

»›… An diese Version haben sich die drei Angeklagten seither gehalten, und die Ermittler wahren dazu absolutes Stillschweigen. Hingegen wurde Sharon Pigliacellis Todesursache, die bereits bei der Autopsie erwogen worden war, offenbar endgültig bestätigt: Die junge Frau starb infolge einer allergischen Schockreaktion auf die Laktose, mit der das Kokain gestreckt worden war, das ihr Mirko Rossi gegen acht Uhr abends, kurz vor Beginn der Party, angeboten hatte.‹ Das heißt, die Laktose …«

»… befand sich in dem Kokain, genau.« Massimo bewegte den Kopf langsam auf und nieder. »Die junge Frau hatte diese Möglichkeit nicht in Erwägung gezogen. Anscheinend verwendet man in Australien Paracetamol, das ist dort unten billiger. Hier in Italien dagegen wird Kokain nicht selten mit Laktosepulver gestreckt.«

»Teufel auch«, bemerkte Pilade. »Schnupft Koks und stirbt, weil sie auf Milch allergisch ist. Das ergibt doch keinen Sinn.«

»Tja, Pilade, an dieser Geschichte ist nur wenig linear. Könnten Sie weiterlesen, Aldo?«

Aldo ruckelte die Zeitung zurecht. Er hatte sich noch nicht an die Gleitsichtbrille gewöhnt, die er nun, da er sich anschickte, endgültig in den Ruhestand zu treten, als notwendig akzeptiert hatte.

»›Der unglückliche Tod der jungen Frau setzte in der Familie Rossi eine Art Kettenreaktion in Gang. Es ergab sich die Chance, aus dem tragischen Vorfall Kapital zu schlagen, indem man die Freundin des Ältesten« – eigentlich ist er der Mittlere von drei Kindern –, »Matteo, für tot erklären ließ. Eine junge Frau, die eine schlimme Geschichte von Gewalt und Missbrauch hinter sich hatte und an der Seite des Sprösslings einer angesehenen Pisaner Familie endlich wieder Frieden und Ruhe finden sollte.‹«

»Wenn das die guten Kreise sind«, sagte Ampelio entsetzt, »wie sieht es dann erst beim Gesindel aus?«

»Wirklich wahr, Signorina«, stimmte Pilade ein. »Aber warum veranstalten die so ein Gemauschel?«

»Das ist eine tragische Geschichte. Fast noch tragischer als Sharons Tod.«

»Und ausgerechnet Sie als Anwalt haben sich so etwas einfallen lassen?«

Alice hatte Rechtsanwalt Rossi mit einem Blick gemustert, der sich nicht in zwei Zeilen darstellen ließe und vielleicht noch nicht mal in zwanzig.

»Was hätte ich denn tun sollen, mich an die Justizbehörden wenden?«

»Wer, wenn Sie erlauben, wüsste das besser als Sie? Das ist doch gerade Ihr Gebiet.«

»Tja, eben. Da liegt das Problem. Das ist gerade mein Gebiet. Ich weiß besser als Sie, was die Behörden in einem solchen Fall hätten tun können. Sie wiederum wissen besser als ich, was ein Mensch zu erleiden hat, der Opfer eines Stalkers wird. Ihnen ist bekannt, wie viele Leute noch nicht einmal Anzeige erstatten, nicht wahr?«

»Etwa siebzig Prozent. Mir ist das genauso bekannt wie Ihnen.«

»Nein, das glaube ich nicht. Sie kennen die Zahlen, aber nicht die Geschichten. Sie können allenfalls erahnen, wie weit die dreißig Prozent erst kommen müssen, bis sie ihr Herz in beide Hände nehmen und sich entschließen, dem Stalker offen den Krieg zu erklären. Denn wir reden hier von Krieg, Signora Vicequestore. Und während unsereins an Schriftsätzen feilt, werden Leute umgebracht. Haben Sie mal einen Blick in die Akte von Evgenij Bondarenko geworfen?«

»Ja, sicher.«

»Glauben Sie, so einer wäre imstande, einen Menschen zu töten, oder nicht?«

»Ich fürchte, ja.«

»Dann bitte ich Sie, sich in meine Lage zu versetzen. Einen Stalker daran zu hindern, dass er sich seinem Opfer nähert, ist schon schwierig genug, wenn man sich an die Gesetze halten will. Kontaktverbote werden dermaßen detailreich und kleinlich formuliert, dass sie oft die Grenze zum Absurden überschreiten. Ich hatte einmal eine Mandantin, in deren Dorf es nur eine Tankstelle gab, und der Mensch, der sie belästigte, konnte ihr weiter auf die Pelle rücken, weil man ihm nach Ansicht des Richters nicht untersagen durfte, in der einzigen Tankstelle im Umkreis von zehn Kilometern zu tanken. Geht man nach Recht und Gesetz vor, so kann ein Stalker seinem Opfer das Leben häufig unmöglich machen.«

Rechtsanwalt Rossi faltete die Hände vor der Brust.

»Das Leben eines Stalkingopfers, Signora Vicequestore, besteht aus zwei Gefühlen. Das erste davon ist Angst: die Angst, dem Verfolger zu begegnen, die Angst, was er einem antun könnte, die Angst vor den allernormalsten Verrichtungen. Das zweite ist Nichtangst. Sie bedeutet keinen Seelenfrieden, sondern nur die Abwesenheit von Angst, einen Gemütszustand, den man eigentlich nicht begreifen kann. Man begreift erst, wenn man gesehen hat, wie die Freundin des eigenen Sohnes darum bittet, durch den Hintereingang eingelassen zu werden. Oder in ein Restaurant zu gehen, das mindestens einhundert Kilometer vom Wohnort entfernt ist.«

Rechtsanwalt Rossi musterte Alice im Versuch, sie zu einem Mindestmaß an Empathie zu bewegen.

»Der Stalker kann noch immer eine Bedrohung darstellen, wenn er sich an die Gesetze hält. Und wenn es sich um einen Zeitgenossen handelt, dem das Gesetz am Allerwertesten vorbeigeht, so wie dieser Herr hier« – Rechtsanwalt Rossis Finger klopfte zweimal auf die Akte von Evgenij Bondarenko –, »dann ist er keine bloße Bedrohung, sondern eine Gefahr. Eine konkrete Gefahr. Denken Sie nicht auch?«

»Nein. Ich denke gar nicht. Ich kann an diesem Ort nur meine Pflicht tun.«

»›Dadurch, dass Olga Harasemchuk für tot erklärt wurde, wollte sich die Familie von den Nachstellungen Evgenij Bondarenkos befreien, des Ex-Manns von Matteo Rossis Freundin, der sie in der Vergangenheit mehrfach geschlagen hatte und in den letzten Monaten in der Region gesehen worden war. Bondarenko, ein Gewalttäter mit langem Vorstrafenregister, hatte der jungen Frau mehrmals mit dem Tod gedroht, falls sie ihn verließe. Anscheinend hatte sie zwischenzeitlich die Mailänder Wohnung ihres Freundes in der Via dei Fiori Chiari bezogen, im Brera-Viertel, während sie sich um eine neue Identität bemühte. Hierzu machen die Behörden keine näheren Angaben.‹« Aldo ließ die Zeitung sinken und musterte Alice mit einem Blick des Typs *lieber alter Mann, der niemals etwas weitererzählen würde.* »Gegenüber der Zeitung. Und wie sieht es bei uns aus?«

Alice atmete tief durch.

»Avvocato Rossi stand mit verschiedenen Wohlfahrtsorganisationen in Verbindung. Man hätte eine unheilbar kranke junge Ausländerin kontaktiert, die in einer schweren finanziellen Zwangslage steckte, und sie auf dem letzten Wegstück begleitet, um ihren Tod dann einfach zu vertuschen. Ihre Familie hätte Geld dafür bekommen. Wahrscheinlich dachte man, bei einer Roma-Gemeinschaft fündig zu werden. Auf diese Weise hätte Olga Harasemchuk sich in eine Marina Salihamidzic oder dergleichen verwandelt, und das wäre es gewesen.«

»Hätte das funktionieren können?«

»Soweit ich verstanden habe, hat es bereits in anderen Fällen funktioniert.«

Wenig später an diesem Vormittag war Alice gegangen, aber das Delikt stand weiter im Raum. Die Alten mussten sich *faute de mieux* mit Massimo zufriedengeben.

»Dann ist Avvocato Rossi hergekommen, um uns die Hölle heiß zu machen, weil er Angst hatte?«

»Ja, sicher. Wenn du dich erinnerst, hatte Marinos Mutter etwas Gefährliches gesagt: dass Olga um neun Uhr abends noch gelebt habe. Aus der Autopsie ging jedoch eindeutig hervor, dass sie vor acht Uhr gestorben sein musste. Wollte man der verkalkten Alten glauben, die so verkalkt dann doch nicht war, konnte Olga nicht die Tote sein.«

»Aber sie wurde von zehn verschiedenen Personen identifiziert …«

»Darin bestand ja die Genialität des Plans«, erwiderte Massimo und ließ damit durchblicken, dass auch er, der diesen Plan entschlüsselt hatte, noch über ein bisschen Grips verfügte. »Marino identifiziert sie, die Ukrainerinnen identifizieren sie, wer käme da schon auf die Idee, dass sie es doch nicht ist?«

Pilade schüttelte den Kopf.

»Also, ich würde ja gerne wissen, wieso die ihre Unterstützung zurückgezogen haben«, fragte er in Aussageform. »Ich meine, Avvocato Rossi hat sie um eine falsche Identifizierung gebeten, um Olga an einen sicheren Ort bringen zu können, und damit hatten sie anscheinend kein Problem, alle waren froh, behilflich sein zu können. Und dann machen sie sich solche Umstände, um ihn anzuschwärzen.«

»Pilade, du findest das bloß unlogisch, weil du glaubst, ukrainische Pflegerinnen seien ein monolithischer Block.« Massimo wandte die Handflächen nach oben. »Wusstest du, dass in der Provinz Pisa über sechstausend ausländische Pflegerinnen leben? Darunter gibt es alle möglichen Leute. Manche sind zwanzig, andere sechzig, du hast sie ja gesehen. Nicht alle Ukrainerinnen sind wie Natascha. Als ihr das erste Mal aus dem Park zurückgekommen seid, haben euch die Augen geglänzt.«

»Na klar …«

»Tja, und unter all diesen Leuten gibt es eben schlaue und dumme, ehrliche und nichtsnutzige, Laienschwestern und billige Flittchen. Die Leute, das sind die Menschen, um ein Buch zu zitieren, das ich mal gelesen habe. Nichts ist wahrscheinlicher, als dass bei den Ukrainerinnen die einen einverstanden waren und andere halt nicht.«

»Massimo hat zu hundert Prozent recht«, sagte Aldo. »Alle hatten Olga gern, das haben Armando und ich in den letzten Tagen gesehen. Deswegen haben sie ja immer gesagt: ›Hoffentlich findet sie dort Frieden, wo sie jetzt ist.‹ Da war von Mailand die Rede, nicht vom Himmel. Aber mit dieser Komödie waren keineswegs alle zufrieden. Diejenigen, die weniger begeistert waren, wollten nicht in der Gruppe Kontra geben, aber vielleicht doch etwas unternehmen, ohne die Helden spielen zu müssen. Du weißt ja, Mut gibt's nicht auf dem Markt zu kaufen.«

»Hirn auch nicht«, sagte Ampelio, wie immer stolz darauf, dass sein genetisches Erbe einem zwar wenig umgänglichen, aber auch ziemlich cleveren Kerl zugeflossen war. »Wie dir das mit dem AC Pisa wieder eingefallen ist … Das konntest wirklich nur du …«

»Ja. Ich und sieben- bis achttausend andere. Darunter Aldo. Oder nicht?«

»Schon wahr.« Aldo schüttelte den Kopf. »Was haben Vieri, Simeone und Ronaldo gemeinsam? Sie haben in Pisa gespielt.«

Ja. Sie haben in Pisa gespielt.

Bobo Vieri und Diego Pablo Simeone haben am Anfang ihrer Karriere tatsächlich *beim* AC Pisa gespielt. Dann sind sie groß geworden und schließlich bei Inter gelandet. Und bei Inter wurde Simeone Mannschaftskamerad von Ronaldo Luís Nazário Lima, Rufname Ronaldo, der sein erstes Spiel in Italien ausgerechnet in Pisa absolviert hat, und zwar im Juli 1997 auf dem altehrwürdigen Platz der Garibaldi-Arena, ein Freundschaftsmatch zwischen schwarz-blauen Lombarden und schwarz-blauen Toskanern. Zu jenem freudigen Anlass ließ sich ein stolzer Vater die Gelegenheit nicht nehmen, seinen Sohn, einen Jungen namens Matteo Rossi, zwischen zweien seiner Idole abzulichten, auch wenn das Schwarz-Blau, das sie trugen, nicht das seines Herzens war.

Und einige Jahre später sollte eine junge Frau aus Australien mit italienischen Wurzeln sich vor jenem Foto verewigen. Vor einem Foto, das ihr Freund Mirko erwähnt hatte und das sie unbedingt hatte sehen wollen – genau wie das Boot, die Villa, das Fest und all den anderen Glitzerkram, der uns begeistert, wenn wir knapp über zwanzig sind und dermaßen viel Leben in uns spüren, dass wir glauben, ohne große Probleme ein bisschen davon wegwerfen zu können. Aber vorher noch rasch eine Linie mit diesem italienischen Jungen gezogen, der bis zu den Ohren lächelt, und weiter geht's, noch fröhlicher der Zukunft entgegen.

Massimo versuchte, diesen Gedankenstrom aus seinem Geist zu verscheuchen, im Wissen, dass er früher oder später zu ihm zurückkehren würde.

»In Pisa haben wir alles Mögliche.« Aldo wiegte stolz das Haupt. »Wir hatten ja sogar schon Gravitationswellen, kein Wunder, wenn da Millionen von Leuten vorbeikommen. Wir sind ein Meereshafen. Vielleicht nicht mehr buchstäblich, aber im Prinzip schon. Mit allen möglichen Leuten, und die reden die unterschiedlichsten Sprachen.«

»Ach, übrigens«, schaltete sich Pilade ein, denn Pisa ist gewiss wundervoll, und bei passender Gelegenheit sollte das auch gesagt werden, aber übertreiben wir mal nicht, »hast du verstanden, was die Frauen damit gemeint haben, sie hätten sie bei Darsoi gesehen?«

»Ach das. Ich weiß nicht, ob Aldo und Armando dahintergekommen sind, aber ich glaube, ich weiß die Antwort. Wo haben wir sie zum ersten Mal gesehen, das arme Mädchen, das gestorben ist? Sharon Pigliacelli?«

»Ja, in dieser Fernsehsendung, *Amore criminale*, dieser Nachmittagssendung, in der …«

Ampelio blieb der Mund offen stehen. Zum Glück hatte er darin Übung, sonst hätte er sich leicht wehtun können.

»In der es um Mordfälle und Verschwundene geht. Genau. Wie heißt noch gleich die Moderatorin?«

Und nach dem Vor- und dem Nachmittag war endlich der Abend gekommen.

Ein Abend, den Massimo daheim verbracht hatte, nachdem er Alice auf der Wache abgeholt und mit ihren Siebensachen nach Hause gefahren hatte.

Sie hatten zusammen gegessen, in einer nach den vergangenen Tagen neuen Stille. Erst zum Ende des Abendessens hin hatte Alice etwas gesagt, den Blick unverändert auf ihren Teller gerichtet.

»Weißt du, was das Schlimmste ist? Was mir nicht aus dem Kopf gehen will?«

Nein, weiß ich nicht, hatte Massimo gesagt, ohne den Mund aufzumachen.

»Weißt du, wie Olga und Matteo Rossi sich kennengelernt haben? Matteo hat es mir gestern erzählt, nachdem er die Beherrschung verloren hatte. Und zwar saß er mal bei seinem Vater in der Kanzlei im Wartezimmer. Er wollte nur kurz mit Rossi senior reden, aber jetzt wartete er schon seit einer halben Stunde, und da schlug er halt ein Lehrbuch auf und merkte nicht, dass inzwischen eine Mandantin seines Vaters hereingekommen war, oder wenn er es doch gemerkt hat, dann hat es ihn nicht gekümmert. War doch sowieso bloß so eine verunsicherte Tante, wie Pflegekräfte halt so sind.«

»Rossi junior hatte ein Ökonomie-Lehrbuch in der Hand, es ging um das Gleichgewicht zwischen Angebot und Nachfrage, dargestellt in Differenzialgleichungen. Anscheinend war der junge Mann ein wenig aus der Übung, konnte sich an manches nicht erinnern. Er plagte sich mit den Gleichungen ab und wurde allmählich etwas nervös, da sagt auf einmal die Pflegerin zu ihm: Brauchen Sie vielleicht Hilfe? Nein, sagt er, wissen Sie, es ist nur dieses Mathezeug, das mir nicht eingeht. Na ja, sagt sie, wenn Sie wollen, kann ich Ihnen helfen. Ich bin Elektroingenieurin, mit Differenzialrechnung kenne ich mich ganz gut aus.«

Alice nahm einen weiteren Schluck Leitungswasser, eine lauwarme Brühe, so traurig wie sie.

»Wie sich herausstellte, hatte die junge Frau in Donezk ein Ingenieursstudium absolviert. Und war dann zusammen mit ihrem Mann nach Italien gegangen, der hier Profifußball spielen wollte, aber in Schwierigkeiten geriet, und dann kam es, wie es gekommen ist. Und sie musste sich eben arrangieren und hat sich schließlich eine Stelle als Pflegerin gesucht. Dann hatte sie mal Glück und lernte einen reichen und netten Jungen kennen. Und dann kommt Alice Martelli und verhaftet ihn ihr einfach weg.«

»Und das geht dir an die Nieren«, sagte Massimo. Natürlich, aber was sagt man zu einem Menschen, der einem eine solche Geschichte erzählt?

»Ja«, sagte Alice und stocherte auf dem fast unberührten Teller herum. »Ja, ziemlich.«

»Wart mal kurz«, sagte Massimo. »Ich hol schnell was.«

Kurz darauf war er wieder da, in der Hand ein Buch mit rotem Einband.

»Da. Lies!«

»Was ist das?«

»Ein Gedicht. Hat mir Aldo vor ein paar Monaten gegeben.«

Er hielt Alice das Buch vor die Nase, das schon auf der richtigen Seite aufgeschlagen war, und wartete.

Was ist zu tun?
Ein Antrag ist einzureichen,
dazu ein Lebenslauf.

Ungeachtet der Länge des Lebens
hat der Lebenslauf kurz zu sein.

Geboten sind Bündigkeit und eine Auswahl von Fakten.
Die Landschaften sind durch Anschriften zu ersetzen,
labile Erinnerungen durch konstante Daten.

Von allen Lieben genügt die eheliche,
nur die geborenen Kinder zählen.

Wichtig ist, wer dich kennt, nicht, wen du kennst.
Reisen, nur die ins Ausland.
Zugehörig wozu, aber ohne weshalb.
Preise, ohne wofür.

Schreibe, als hättest du niemals mit dir gesprochen
Und dich von Weitem gemieden.

Umgehe mit Schweigen Hunde, Katzen und Vögel,
den Erinnerungskleinkram, Freunde und Träume.

Es gilt der Preis, nicht der Wert,
der Titel, nicht dessen Inhalt,
die Schuhgröße und nicht, wo
der Mensch, für den man dich hält, hingeht.

Dazu eine Fotografie mit entblößtem Ohr.
Wichtig ist seine Form, nicht, was es hört.
Was es hört?
Das Knirschen des Papierwolfs.

Alice las das Gedicht zu Ende.

Dann streckte sie den Arm aus, ohne vom Stuhl aufzustehen, und schlang ihn Massimo um die Taille.

Manchmal brauchen die anderen nur zu verstehen, warum es einem schlecht geht, und es geht einem schon nicht mehr ganz so schlecht.

»Heute Abend haben wir's aber gut. Hast du das gemerkt, es stinkt kein bisschen nach Bratöl.«

Alice, eingemummelt in einen Riesenpyjama wie ein Teenager auf Klassenfahrt, schenkte Massimo das erste richtige Lächeln des Abends. Unglaublich, mit wie viel Klamotten am Leib diese Frau schlafen konnte.

»Ob ich das gemerkt habe? Mein Lieber, dafür kannst du dich bei der Anwesenden bedanken. Wenn ich nicht wäre ...«

»Sag bloß, du hast das Gorgonendings überredet, den Herd zu verlassen? Wie hast du das angestellt, hast du sie in Uniform besucht?«

»Nein, nein. Also, nicht ich.«

»Ach. Wer dann?«

»Die Kollegen von der Gesundheitspolizei.«

»Gesundheitspolizei? Ist das Verwenden von Bratöl neuerdings illegal?«

»Wenn man es unter der Hand gewerblich betreibt und seinen Cousin losschickt, damit er am Strand ohne Genehmigung Spritzgebäck verkauft, dann ja.«

Die geneigte Leserschaft kennt das, oder? Manchmal wäre etwas so einfach zu verstehen gewesen, man hätte nur darauf kommen müssen.

»Das ist nicht wahr.«

»Dann erklär du mir, warum sie mit der Braterei aufgehört hat.«

»Aber sie macht das doch den ganzen Winter durch ...«

»Ja, im Winter verkauft der Cousin das Gebäck vor der Mittelschule. Also bisher. Ich glaube, seit ein paar Tagen denkt er über neue Karrieremöglichkeiten nach.«

»Aber vielleicht hat er damit seinen Lebensunterhalt verdient.«

»Ja. Genau wie du. Damit die Leute was zu essen haben.« Alice richtete sich auf und rückte ihre Kissen zurecht. »Mit dem Unterschied, dass du Steuern bezahlst, und wenn einer ohne Kassenzettel aus der Bar kommt, zahlst du eine fünfstellige Geldbuße. Und wenn die Maße deines Spülbeckens die Normgröße überschreiten, kann dir die Gesundheitspolizei den Laden dichtmachen. Ganz zu schweigen von dem, was passieren kann, wenn sich ein Gast zufällig eine Lebensmittelvergiftung einfängt.«

»Kurz, das geschieht alles zu meinem Besten. Wie lieb von dir.«

»Nein, es ist ganz einfach: Das Gesetz ist auch dazu da. Wenn man sich einen Menschen näher ansieht, der eine Straftat begeht, dann hat er dafür immer gute Gründe. Das Problem ist, dass es eine Menge anderer Menschen gibt, die sich an die Regeln halten.« Alice schüttelte ein letztes Mal die Kissen auf und versank dann in ihrer wohligen Fluffigkeit. »So. Und für die trete ich ein.«

»Das nennt man Bürgersinn.«

»Willst du mich auf den Arm nehmen?«

»Ich habe halt den Eindruck, es tut dir nicht wahnsinnig leid. Für die Tante von oben, meine ich. Du siehst mir eher befriedigt aus.«

»Na schön, das stimmt. Es bereitet mir erhebliche Genugtuung, wenn es mir gelingt, jemanden auflaufen zu lassen, der das verdient hat, ob laut Gesetz oder laut Alice Martelli. Auch mir gehen die Leute halt manchmal auf die Nerven. Du hast doch nicht etwa geglaubt, dass du da der Einzige bist?«

Vecchiano, 23. März 2016

Zum Schluss

Ich danke Samantha dafür, mir an einem Septembertag eine Geschichte von mit Graffiti beschmierten Villen und Pflegerinnen erzählt zu haben, die in einem toskanischen Küstenstädtchen spielte. Den meisten dürfte es aufgefallen sein: Wenn der Plot meines Buchs besser funktioniert als gewohnt, dann deshalb, weil er nicht von mir stammt.

Ich danke meinen privaten Lektoren: Virgilio & Serena, Mimmo & Letizia, Totaro und Cheli (ja, immer noch, mittlerweile in Mailand ansässig und mit noch mehr Leuten bekannt) sowie der Gemeinde von Olmo Marmorito, die ich daran erinnere, dass man nicht über den Schiedsrichter meckern sollte, wenn man vier Tore bekommen hat. Ob man nun gegen Juve antritt oder gegen Bayern München.

Und wo wir's schon von Fußball haben – Gennaro Gattuso, die Spieler und die Fans des AC Pisa werden mit Schrecken lesen, was auf diesen Seiten prognostiziert wird, so etwas kann ja nur Pech bringen. Auch ihnen danke ich schon mal, sofern es ihnen gelingt, sich zu beherrschen, anstatt mich wild zu beschimpfen, wenn Pisa den Aufstieg nicht schafft. Falls sie mich doch beschimpfen, na gut, ich hab's nicht anders verdient …

Inhaltsverzeichnis

Buon giorno, Signorina!

*Cover- und Preisänderungen vorbehalten

Marco Malvaldi

Eine Frau für den Barista

Ein Toskana-Krimi

Aus dem Italienischen
von Luis Ruby
Piper Taschenbuch, 224 Seiten
€ 10,00 [D], € 10,30 [A]*
ISBN 978-3-492-30678-2

Alice Martelli. So heißt die neue Kommissarin in Pineta. Da sie von Klatsch als Ermittlungsmethode nicht wenig hält, macht sie bald die Bekanntschaft der vier Senioren aus der BarLume. Diese haben auch bereits eine Theorie zum Verschwinden von Vanessa Benedetti. Trotz der Affenhitze gelingt es den vier Alten – selbstverständlich wie immer mit der Unterstützung von Massimo, ihrem Barista, – am Ende jede Unklarheit zu beseitigen. Mithilfe messerscharfer Witze und tödlicher Wortgefechte.

PIPER

Leseproben, E-Books und mehr unter **www.piper.de**